Was macht der Sand am Strand

Was macht der Sand am Strand

Schmunzelgeschichten für den Strandkorb

B. Koischwitz

4. Auflage
Verlag B. Koischwitz
Am Hanig 15
35075 Gladenbach-Römershausen
Tel./Fax: 06462/2123

Illustrationen: Brigitte Koischwitz
Gesamtherstellung: Clausen & Bosse, Leck
ISBN 3-925602-02-X

Inhaltsverzeichnis

Was macht der Sand am Strand

Was macht der Sand am Strand?

Ein Sandkorn allein ist meistens eine unangenehme Sache. Denn ein winziges Exemplar davon im Auge schränkt erheblich die Sehfähigkeit ein. Oder – wer kennt nicht das unangenehme Knirschen zwischen den Zähnen, wenn sich ein Sandkrümel in köstliche Frühstücksstullen eingeschlichen hat, ganz zu schweigen von anderen unaussprechlichen Möglichkeiten, die jeden ärgerlich schimpfen lassen. Doch wie anders wird die Stimmung, wenn sich viele Tausende, Millionen und Milliarden Sandkörner zusammenfinden, denn viel Sand ergibt den Strand.

Sand am Strand, eine geologische Formation, eine Komposition der Natur, die die Phantasie ganzer Dichterscharen angefacht hat. Und wie dicht drängen sich jedes Jahr Millionen von Urlaubern in diesen zu "Paniermehl" zerriebenen Kieselsteinen und genießen den Strand. Dabei wird dieser weiße Acker von unzähligen kleinen Schaufelchen durchpflügt und aufgehäuft.

Alle Strandläufer, -gänger und -lieger benutzen den Sand mit einer Selbstverständlichkeit, ohne darüber nachzudenken, was sich so ein Sand alles gefallen lassen muß.

Da heißt es immer, Papier ist geduldig. Ist es der Sand nicht auch? Bietet er nicht alles, was ein Gästeherz erfreut?

Wie vielen quicklebendigen Kindern aus der Großstadt breitet er seinen weichen, warmen Teppich aus und läßt sie darin toben und tollen? Wer zählt die Wanderer, die auf kilometerlangen wasserdurchtränkten Wegen direkt an der Brandung entlangmarschieren und dabei wortreich ganze Lebensgeschichten zum besten geben.

Gibt es einen besseren Zuhörer als den Sand, wenn eine traurige Seele sich kummergeladen fallen läßt und ein Meer von Tränen über ihn ergießt?

Und erträgt er nicht geduldig die Krallen der Verzweifelten, wenn sie ihn zornig in ihrer Hand zerdrücken?

Nicht zu vergessen, wie viele Liebende er schon in kuscheligen Mulden beherbergt hat, um das zärtliche Treiben vor den Augen Neugieriger zu bewahren. Sicher ist dabei mancher heimliche Liebesschwur in ihm verrieselt, aber unzählige Lebensgemeinschaften haben hier ihren Anfang genommen.

Egal wie, er trägt die Glücklichen, birgt die Unglücklichen, gibt ihnen allen Kraft, läßt ihre Seelen sich austoben und neu gestalten und verwandelt sie alle in zufriedene Träumer, die die Hoffnung nie aufgeben.

Kurz, ein Gentleman ist dieser Sand am Strand, er sieht, hört und schweigt.

Und wenn er von allem genug hat, ruft er das Meer, damit es ihn zudeckt und mit rauschender Brandung alles Negative ausspült, während er sich als stiller Meeresboden bei den Fischen und Krabben ausruht.

Doch unermüdlich taucht er nach wenigen Stunden wieder auf, frisch und klar, bereit, wieder neues Leben aufzunehmen und die Welt als Sand am Strand zu beglücken.

Die Fahrt mit dem Autozug

Die Fahrt mit dem Autozug

In Niebüll ist die Welt zu Ende, ob Jaguar, Porsche oder Minifiat, hier sind alle gleich. Da kann einer noch so viele PS unter der Mütze haben, es gibt nur noch den Niebüller Zuckeltrab bis auf den Autozug, man wird "verladen". Und ist man verladen, dann heißt es, die Wartezeit bis zur Abfahrt auszufüllen.

Da gibt es viele Möglichkeiten: Einige Leute haben sich auf diese Ruhezeit gut vorbereitet, sie ziehen Kaffee, Stullen und Obst aus ihren Körben und essen erst einmal genüßlich und in aller Ruhe. Schließlich wird sogar noch die letzte heimatliche Tageszeitung gründlich studiert. Die anderen, Unvorbereiteten, haben es dagegen etwas schwerer. Verzweifelt kramen sie in allen Taschen und Handschuhfächern, um wenigstens mit einem vergessenen Pfefferminzbonbon den knurrenden Magen zu beruhigen.

Gelingt dies nicht, sucht man sich schließlich ein Betätigungsfeld, und wo hat man sonst Gelegenheit, sein Auto gründlich von innen zu betrachten? Liebevoll läßt man die Blicke durch den Innenraum schweifen. Und indem man zärtlich den Staub vom Armaturenbrett streicht, stellt man abschließend fest, daß man ein richtig schönes Auto hat.

Zudem bietet sich eine Möglichkeit, einmal alle hübschen bunten Knöpfe auszuprobieren, und siehe da, alles funktioniert. Ein Ruck – der Zug fährt an, und draußen gibt es allerhand zu sehen. Schafe rechts, Schafe links, eine schöne Einstimmung für das künftige Inselleben.

Dann geht es über den Damm, Wasser links, Wasser rechts, spätestens in diesem Augenblick ist aller Alltagsmüll in die Fluten abgeglitten, und der Urlaub kann beginnen.
Dazu noch schöne Musik im Radio und Möwen rechts, Möwen links, läßt jeden bald von Sonne, Sand und Meer träumen. Schnell wird das Fenster heruntergekurbelt und die erste Brise pure Meeresluft eingeatmet.
Endlich! Bald zeigt sich Land am Horizont:
Die Königin der Inseln. Das Herz macht einen freudigen Hüpfer: "Sylt!!!!!"
Der Rest der Fahrt vergeht rasend schnell, und die Vorfreude schwirrt der Insel, wie die Möwen, entgegen.
Aber leider geht Urlaubszeit doppelt schnell vorbei wie normale Zeit, und ehe man sich versieht, steht man auf der Abfahrtsrampe und gehört somit zu den bedauernswerten Exemplaren der Abreisenden, die man bei der Ankunft mitleidvoll belächelt hatte. Mancher hat sich in diesem Augenblick eine dicke Sturmflut mit komplettem Dammbruch gewünscht. Aber das passiert sowieso nur anderen Leuten, und die haben sich dann nicht einmal darüber gefreut. Und wenn sonst alle Welt über Beamte und ihre Langsamkeit schimpft, hier wird eins, zwei, drei fix gearbeitet. Ehe man sich versieht, ist man schon wieder verladen und wird widerwillig von der Insel getragen. Deshalb ist es nicht verwunderlich, daß auf diesen Rückfahrtzügen die Zahl der herunterhängenden Unterkiefer ins Unermeßliche steigt.
Schnell noch ein Blick: "Keitumer Kirche" – die letzten Sylter Schafe und dann das Meer. Schnell noch einmal die Scheibe heruntergekurbelt und eine letzte Meeresbrise einatmen. "Sylt!!"
Ein zart graublauer Streifen am Horizont, der ganz leise verschwindet. Alles, was bleibt, ist die Erinnerung und vielleicht die Freude auf das nächste Jahr.

Reizklima

Reizklima

Ein vieldeutiger Begriff, denn worauf bezieht er sich? Etwa auf die sparsame Strandbekleidung, die sich an gewissen Strandregionen bis zur Hüllenlosigkeit steigert?
Nein, hier geht es lediglich um einen wichtigen therapeutischen Effekt bei Erkrankungen der Atemwege. Und doch wird man das Gefühl nicht los, daß dieses Reizklima einen weiteren Aspekt in sich trägt, der für den hier Angereisten bestimmt nicht förderlich sein kann.
Plötzlich aus dem Alltag gerissen, wird so ein Urlauber auf diese Insel geworfen, und da steht er nun. Das Meer, sein Meer, zum Greifen nahe. Ein Gefühl der Weite, der Freiheit umfängt ihn, läßt in ihm eine riesige Lust nach unbekümmertem Leben wachsen.
Es gibt nur eins, dem Meer entgegenlaufen, allen Ballast des Alltags abschütteln und sich gedankenverloren den kühlen Fluten hingeben. Innerlich juchzend läuft er los. Jedoch spätestens am Strandzugang wird sein Lauf gestoppt: "Ihre Kurkarte bitte!" Verständnislos schaut er dieses weißbemützte Wesen (Strandwärter) an, wie kann man nur in solchen Augenblicken, wo Natur und Mensch wieder zueinander finden wollen, ans Geschäft denken?
Enttäuscht und von dem Gefühl getragen, sich selbst im Urlaub nicht ausleben zu können, trödelt dieser Gast zur Kasse. Dort angekommen, verschlägt es ihm vollends die Sprache, denn was sich ihm da an Meer bietet, ist nur ein Meer anstehender

Leute mit kribbelnden und vibrierenden Nerven. Während draußen die wertvolle Sonne munter vor sich hin scheint, steht man sich hier locker die Beine in den Bauch. Anfangs noch locker, doch je länger es dauert, um so mehr spannen sich die Sehnen, knirschen leicht die Zähne.
Und schon ist man gereizt! Mürrisch wird der geforderte Kurgastobolus hingeblättert und nach dem begehrten Berechtigungsschein gegrapscht.
Ach du liebe Zeit! Ein Strandkorb wird ja auch noch benötigt! "Leider ausgebucht, erst nächste Woche Mittwoch wieder!" flötet es kurz und schnippisch aus dem Kassenhäuschen, denn die Nerven einer Kassendame sind nur begrenzt belastbar.
Wie auch immer, ob schnippisch oder freundlich, auf jeden Fall bedeutet es für den geplagten Gast eine Woche "Sandurlaub", und schon ist er gereizter! Als Trostpflaster will er sich wenigstens die gewohnte Tageszeitung genehmigen – "leider ausverkauft". Da heißt es: Ganz langsam und tief durchatmen, damit es nicht zur Explosion kommt.
Mit derart gebremstem Elan schlendert der geplagte Gast zum Strand und läßt sich kraftlos in Sand und Sonne fallen.
Und wenn dann noch eines der reizenden, lärmenden Nachbarkinder liebevoll ein Schippchen Sand auf den frisch eingeölten Körper streuselt, und er dazu nur lächelt, hat er ein Höchstmaß an Beherrschung gezeigt, denn hier wäre die Gelegenheit für eine gehörige Entladung gewesen.
Aber dann: In dem Augenblick, wo er feststellt, daß er die Zigaretten vergessen hat, die eingekauften Birnen matschig sind, die Stullen mit der Schinkenseite in den Sand fallen und die nicht zugeschraubte Sonnenölflasche umkippt und sich darüber ergießt, setzt es was. Ein gehöriger Fußtritt macht diesem Salat ein Ende, und um allen Ärger vom Körper zu spülen, rennt er, wie wild geworden, der Brandung entgegen.
Augenblicklich bemächtigt sich seiner ein seltsam entspannendes Gefühl und versetzt die gereizte Seele in einen glückseligen Zustand der Schwerelosigkeit. Von nun an sind sie eins, der gereizte Gast und das Meer.

Koffer für Sylt

Koffer für Sylt

Wenn ein D-Zug oder ein schnittiger IC auf dem Westerländer Bahnhof einfährt und Massen von Touristen ausspuckt, dann meint man, das Stöhnen der Lokomotive zu hören: erschöpft! Die Menschen zu ziehen, wäre ja nicht schlimm, wenn nur dieses immense Gepäck nicht wäre! Ganze Berge von Koffern, Beuteln und Taschen purzeln aus den Abteilen. Und wer nicht das Glück hat, von irgend jemandem abgeholt zu werden, der stürzt sich in den Kampf "Jeder gegen Jeden" um einen heißbegehrten Kofferkuli. Eine nette Idee der Bundesbahn, nur sind es meist zu wenige, und stets stehen diese Dinger am äußersten Ende des Bahnsteiges. Da gibt es nur eine Möglichkeit: Beine in die Hand und marsch. Und wer hat nicht schon wilde, wortreiche Auseinandersetzungen um solch ein Gefährt beobachtet. Doch einer hat bisher immer gesiegt, und der andere ist wutschnaubend zum Gepäck zurückgetrabt. Mit Schwung hat dieser Verlierer dann all die Koffer und Taschen auf einmal in die Hand genommen: "Ich werde es euch schon zeigen, ihr Schwächlinge!" und ist dann festen Schrittes gen Bahnhofshalle marschiert. Meist vollzieht sich auf dieser Strecke ein erheblicher Dehnungsprozeß in beiden Armen, der einen recht praktischen Wert hat, denn so ein "Gewichtheber" kann sich bei Ankunft vor der Bahnhofshalle bereits gemütlich in den Kniekehlen kratzen und auch beim Winken für das Taxi schneidet er, ob der Länge der Arme, weit günstiger ab.
Aber auch die Kofferkulifahrer haben es nicht leicht. Denn

die Aufnahmefähigkeit dieser Geräte hat ihre Grenzen. Drei Koffer, vier Taschen, zwei Beutel, das ist schon eine irre Ladung. Es ist nämlich nicht gerade schick und eindrucksvoll, wenn alle paar Meter ein Stück hinunterfällt. Ganz besonders peinlich wird es, wenn der gesammelte Inhalt einer Tasche über den Bahnsteig rollt. Sicher finden sich schnell hilfreiche Hände, die dem verdutzten Besitzer dann freundlich nacheinander Lippenstift, Zahnbürste, Butterbrote und diverse andere Kleinigkeiten in die Hand drücken.
Bei aufgeplatzten Koffern sind meist Dessous die begehrtesten Sammlungsobjekte der eifrigen Helfer. Aber selbst, wenn alle Gepäckstücke auf ihren Plätzen bleiben, gibt es noch genug Möglichkeiten, die jedem Kofferkulichauffeur den Schweiß auf Stirn und Wangen treiben, denn insbesondere die Lenkung sorgt für ein reichhaltiges Entschuldigungsprogramm. Was soll man auch machen, wenn dieses Ding konstant nach links fährt, obwohl eindeutig geradeaus der Ausgang angesteuert wurde? Da hilft kein Fluchen, Zerren, Ziehen, schon hängt die Fuhre in Gepäck und Hacken diverser Mitreisender.
Zum Verzweifeln! Vor lauter Erregung vergißt man dann, den Bremsbügel zu lösen, und läuft voll mit dem Bauch auf den Lenker.
Dann reicht's! Leicht mürrisch schiebt man sich zum Ausgang durch. Nichts als Koffer! Der nächste Kampf ums Taxi beginnt. Vordrängeln geht hier nicht, denn die schweren "Betonkoffer" wirken wie Bremsklötze und verhindern jeden Sprint. Und während man geduldig wartet, bis man dran ist, denn inzwischen ist schon alles egal, überlegt man, was eigentlich in diesen verflixten Koffern Wichtiges drin ist?
Ein Koffer für Sylt ist doch ganz einfach gepackt: Bei schönem Wetter nichts, für den Abend ein federleichtes Etwas und bei schlechtem Wetter einen Pullover und vielleicht noch einen Sylter Nerz, kurz, ein traumhaft leichtes Gepäck.

Das einsame Frühstück

Das einsame Frühstück

Das Fenster zappelte in seinen Angeln, und der Vorhang flatterte lustig auf und zu, so stark wehte wieder mal die Sylter Brise. Dazu klatschte munter dicker Regen gegen die Scheiben. Solch ein Wetter wünscht man sich ganz besonders, wenn man nur acht Tage Urlaub zur Verfügung hat. Am liebsten hätte sich Ute wieder auf die andere Seite gedreht und die Decke über den Kopf gezogen, ausgestreckt und weitergeschlafen. Aber das ging leider nicht, da Utes Wirtin mit Nachdruck darauf hingewiesen hatte, daß es Frühstück nur bis 9.45 Uhr gab, 9.45!!!

Hilfe, es war bereits 9.30 Uhr. Wie der Blitz schoß Ute aus dem Bett. Waschen, Zähneputzen, du liebe Zeit – 9.35 Uhr. Wo waren die blauen Socken – 9.36 Uhr. Die müssen doch zu finden sein, zu einer blauen Hose gehören nun mal blaue Socken. 9.38 Uhr – da, lagen ordentlich zwischen Tonbandkassetten und Farben im Koffer. Na bitte – 9.40 Uhr – verflixt, am linken Ärmel der Bluse fehlte ein Knopf. Egal, Ute krempelte schnell den Ärmel hoch, sah sogar viel flotter aus. 9.43 Uhr – wo war denn der Schlüssel, aha, da. Nun eins, zwei, drei die Treppe runter.

Genau um 9.45 Uhr betrat Ute den Frühstücksraum. Zu ihrem großen Erstaunen war er voll besetzt. Für einen winzigen Augenblick (nämlich den ihres Auftrittes) war es totenstill. Niemand kaute, niemand trank, niemand sprach. Alle Augen waren auf sie gerichtet. "Guten Morgen", trällerte sie mit fester

Stimme durch den kleinen Saal. Alle antworteten im Chor: "Guten Morgen!"
Ute hatte mit einem Blick den einzig freien Einzelplatz in der äußersten Ecke entdeckt und steuerte entschlossen darauf zu. Alle kauten, tranken und sprachen weiter, sie war somit in die Frühstücksgemeinschaft aufgenommen. In dieser Gesellschaft war sie die einzige Einzelperson. Der Kaffee ließ noch eine Weile auf sich warten, und deshalb saß sie und schaute sich nur um. Eine komische Gesellschaft, unsere Gesellschaft, unsere, ach, so christliche Gesellschaft: Alle sprachen nur mit ihrem Gegenüber und das Gegenüber wieder nur mit seinem Gegenüber, und hatte man kein Gegenüber, nun, dann war es schlecht bestellt.
Na, endlich kam der Kaffee, zaghaft lächelte Ute die Wirtin an, einfach nur so, weil sie den Kaffee brachte. Vielleicht konnte sie mit ihr ein paar Worte, in Ermangelung eines Gegenübers, über das Wetter wechseln. Irrtum, diese Wirtin wollte nicht reden und schon gar nicht über das Wetter. Sie machte selbst ein Gesicht wie eine Schlechtwetterfront über den Azoren. "Bitte schön", setzte sie Ute den Kaffee vor die Nase.
Eigentümlicherweise war Ute der Appetit vergangen. Auch kein Wunder beim Anblick dieser Astronautenjause. Marmelade ca. 10 g in der Tube, Honig 15,7 g in der Tube, Landleberwurst nach Hausfrauenart 20,3 g in der Tube, Dosenmilch 7,5 g in der Tube, Zucker in Tablettenform. Die einzige Auflockerung in diesem Tubenwald war eine Scheibe Salami, garniert mit einem kecken Stengel Petersilie. Die Krönung des Ganzen bot die bunte Mischung von einem Mohnbrötchen und einem normalen Brötchen. Allerdings galt es zu bemerken, daß als Alternative noch zwei Scheibchen Vollkornbrot unter den Brötchen hervorblinzelten. Ute zupfte und zog ein Tübchen nach dem anderen auf, strich die Marmelade auf die eine Hälfte des Brötchens und die berühmte Landleberwurst auf die andere Hälfte. Sie goß sich Kaffee ein, gab Milch und Zucker dazu, aber sie konnte nicht anfangen, ihr war der Hals wie zugeschnürt.

Woran das lag, wußte sie nicht. War es die Luft, war es die Einsamkeit? Aber Einsamkeit hatte sie doch gesucht, deshalb war sie für acht Tage hierher gefahren.
Ihr waren die Arbeit, ihre Umgebung und ihre Gedanken über den Kopf gewachsen. Die Vielseitigkeit, ihre viel gerühmte Vielseitigkeit und die Hetze, die sich daraus ergab, war ihr auf die Nerven gegangen. Jetzt hatte sie alles, wonach sie sich gesehnt hatte: Ruhe! Aber diese Ruhe wollte ihr gar nicht schmekken. Oder war es dieses entsetzliche Wetter? Es goß in Strömen. Bloß gut, daß Ute nur acht Tage hatte. Da konnte sie nur zweimal Regen haben – einmal fünf Tage und einmal drei Tage.
Fast hätte Ute gelacht, denn durch diesen alten Witz hatte sie sich selber aufgemuntert. Leicht schmunzelnd mümmelte sie ihr Frühstück runter. Als alte Inselkennerin sah sie die Lage aber nicht eng, denn das Wetter konnte von einem Augenblick zum anderen umschlagen. Sie hatte auf der Insel eigentlich noch nie einen ganzen Tag an einem Stück Regen erlebt.
Im Frühstücksraum war man der gleichen Meinung, wie sie aus Gesprächsfetzen der Gegenüber mit ihrem Gegenüber entnehmen konnte. In Anbetracht des Wetters dehnten alle ihr Frühstück etwas aus, und so saß diese Gesellschaft zusammen wie eine Horde alter Katzen im Mondschein, die auf den Tag wartet.
Ute wurde nicht mit in die Palaverrunde einbezogen. Und weil sie keine Lust hatte, als diskriminierte Randbevölkerung weiter vor sich hin zu schmoren, faßte sie all ihren Mut zusammen: "Wer kommt mit?" sprach sie plötzlich laut und für alle gut verständlich. Einige Augenblicke herrschte eisige Stille, und alle Blicke waren erstaunt auf Ute gerichtet. Fast tat ihr dieser mutige Ausbruch schon leid, denn das Erstaunen wurde von leichtem Mißtrauen getragen, und das entging ihr nicht.
Ute gab nicht auf. Sie lächelte und fragte noch einmal: "Wer kommt mit? So ein kleiner Regen sollte uns nichts anhaben. In der Stube hocken, das können wir auch zu Hause. Wenn wir alle gemeinsam gehen, dann ist das doch sicher viel lustiger... Gummistiefel raus und los!"

Ute kam sich vor wie ein seine Gruppe aktivierender Reiseleiter. Und siehe da, das Wunder geschah! Der nette ältere Herr vom Nachbartisch stand auf: "Darf ich mich vorstellen: Ernst Wedekind, meine Frau, wir kommen mit!" Mit munterem, lautem Geplauder begann man diese plötzlich in den Raum gestellte Idee zu diskutieren. Es dauerte nicht lange, und alle erhoben sich von ihren Plätzen, und all die kleinen Frühstückseinheiten zerschmolzen zu einer großen, fröhlichen Ausflugsgesellschaft. "Ich würde sagen, wir treffen uns in fünfzehn Minuten in voller Regenausrüstung", übernahm Herr Wedekind die Organisation. Hier und da schüttelte man Ute noch freundlich die Hand, stellte sich vor, sprach ein paar verbindliche Worte, um sich dann eiligst zur Einkleidung zurückzuziehen.

Pünktlich traf man sich, um dann mutig den Naturgewalten entgegenzutreten. Es wurde ein lautstarker, geselliger Spaziergang. Nach drei Stunden nasser Wanderung kehrte die Gesellschaft überfallartig in eine kleine Kneipe ein, um mit heißen Getränken der Nässe und Kälte entgegenzuwirken. Sicher hatte der Besitzer den Eindruck, es handle sich wirklich um eine Reisegesellschaft. Es war Utes Reisegesellschaft! Denn von nun an brauchte sie nie mehr allein zu frühstücken.

Strandkorbleben

Strandkorbleben

Der Weg bis zum Strandkorb ist oft schon ein recht mühevoller, denn ein Strandkorbtag stellt uns vor ungeahnte Probleme. Es kann sehr heiß sein, es kann sehr kalt werden. Es kann mitunter regnen, der Himmel an der See ist unberechenbar. Für all diese Möglichkeiten gewappnet zu sein, bedeutet einen vollen Seesack. Hunger, Durst, Wasser, Sonne sind ebenfalls Kriterien, die nach Limonade, Stullen, Handtuch und Sonnenöl verlangen! Derart bepackt ist jeder glücklich, wenn er den heißgeliebten Strandkorb endlich erreicht hat. Doch wer meint, daß in diesem Augenblick die Erholung beginnt, hat sich geirrt. Nun geht es erst richtig los.

Das Gepäck wird abgestellt, Stullen in den Schatten gelegt, die Limonade zwecks Kühlung im Sand vergraben und der Strandkorb fein säuberlich in Richtung Sonne gedreht. Ist dies geschehen, beginnt meist die Inneneinrichtung des Korbes. Handtücher und Bademäntel sind ein dankbares Material. Verwandeln sie doch das ungastliche Plastiklager in ein kuschelig weiches Reich. Und gleichzeitig wird das lästige Ankleben der Pobacken verhindert, falls es sich um einen FKK-Strand handelt. Sodann wird der Körper selbst auf alles vorbereitet und mit diversen Ölen und Tinkturen nach genau ausgetüftelten Lichtschutzfaktoren eingerieben. Mit spitzen Fingern werden dann Tuben und Flaschen verstaut. Sorgfältig präpariert, läßt man sich aufatmend in den Strandkorb fallen und gibt sich wohlig einem längeren Sonnenbad hin.

Endlich! Sommer, Sonne und das Rauschen der Brandung im Hintergrund lassen alle belastenden Gedanken von der zärtlichen Brise wegtragen, nur Wohlsein erfüllt das schöne Körbchen. Bewegungslos wie ein frisch gewickeltes Baby liegt man um sich herum, während die mitgebrachte Zeitung still vor sich hin modert, und die Ansichtskarten, die muntere Urlaubsgrüße in die Heimat tragen sollten, rutschen immer tiefer in die Tasche. Auch die extra angeschafften Ping-Pong-Schläger müssen geduldig auf ihren Einsatz warten. Schmoren und Schlummern sind die einzigen Betätigungen, zu denen man fähig ist. Die muntere Aufforderung eines Strandkorbnachbarn: "Komm mit ins Wasser!" empfindet man als übelsten "Korbfriedensbruch". Vorgetäuschter Tiefschlaf vertreibt aber solche Störenfriede schnellstens. Selig träumend und dösend drückt man sich tiefer in die Kissen. Sicher, die Fluten genießen wollte man..., aber dafür ist noch Zeit genug.
Nur keinen Streß! Aber gnadenlos heiß knallt die Sonne in den Korb und verwandelt ihn in einen Backofen. Schweißtropfen an allen möglichen und unmöglichen Stellen perlen leise den Körper hinab und signalisieren erhöhte Temperaturen.
Der Körper bläht sich auf, schwitzt, bis er kocht und man freiwillig aufsteht, nur um dieser Hitze zu entkommen. Spätestens dann wird bemerkt, an welchen Stellen die Sonne bereits kräftig zugelangt hat, also schnell "ins" Wasser! Mutigen Schrittes geht's der Brandung entgegen, aber "huch"...! Die ersten kühlen Wassertropfen auf dem sonnendurchglühten Körper bremsen den mutigen Entschluß recht bald. Man ist mit sich selber einig, daß man erst einmal nur "ans" Wasser geht. Es reicht doch, wenn sanft das kühle Naß den großen Zeh umspült.
Und bald hat auch ein kecker kalter "Schwubs" das Knie erreicht. Eigentlich wäre damit jegliche Kurgastpflicht erfüllt. Doch das Meer ist beharrlich, und ehe sich ein vorsichtiger Plantscher versieht, hat ihn eine größere Welle voll am Bauch erwischt, so daß er freiwillig "ins" Wasser geht und übermütig ein Vollbad in der Brandung genießt. Stolz auf sich und mit

einem Gefühl "wie neu geboren" kehrt wieder Strandkorbfrieden ein.

Wenn ein Tag so verläuft, dann handelt es sich um Sylturlaub. Urlaub, der alle Kräfte mobilisiert, die für den Kampf des Alltags, der unweigerlich wiederkommt, notwendig sind.

Hüte

Hüte

Heute sind eigentlich, was Mode anbelangt, Hüte nicht mehr so gefragte Accessoires und gehören mehr zu dem Modebewußtsein einer vergangenen Generation. Doch eine Kopfbedeckung für den Strandurlauber scheint ein ungeschriebenes Gesetz zu sein. Wie sonst könnte es an der Tagesordnung sein, daß vom Säugling bis zum Großpapa plötzlich alle Menschen die merkwürdigsten Exemplare auf dem Kopf tragen. Von den Farben und Mustern, die sich vom schlichten Weiß, schreiend Türkis über Signalrot, gestreift, getupft, geringelt erstrecken, ganz zu schweigen, laden die individuellen, originellen Formen schon zur fröhlichen Betrachtung ein: Bei schönem Wetter wird von den "Herrn" meist ein schlichtes Leinenhütchen bevorzugt, das wie ein umgestülpter Blumentopf die Augenpartie oft nur vermuten läßt.

Bei flotten, dynamischen Typen wird, sicher zum Zwecke einer besseren Windschlüpfrigkeit, keck dieser sonst augenbedeckende Rand hochgeklappt. Und wer sonst den Sport im Verlauf des Jahres vernachlässigt hat, was ein wohlgeformter Bauch mit realistischer Unverschämtheit bescheinigt, bevorzugt eine großschirmige Rennfahrermütze. Bei den Damen dagegen erfreuen sich selbstgezimmerte Häkelkäppchen großer Beliebtheit und verzaubern manche Strandfee in ein Mondgesicht.

Insgesamt wird von jeglichem Geschlecht eine beneidenswerte Hemmungslosigkeit an den Tag gelegt und aufgesetzt, was ge-

rade greifbar ist. Auch der antike Aspekt wird nicht vernachlässigt, denn manchem Hütchen sieht man die jahrelange Benutzung ob der erheblichen Sonnenölflecken und Farbverluste an.
Nun, wie auch immer, diese Kopfbedeckungen haben eins gemeinsam: Sie erfüllen einen wichtigen, praktischen Zweck, indem sie das Wertvollste des Menschen, nämlich das Hirn, vor der Sylter Sonnenglut schützen.
Aber wehe, wenn es kalt über die Insel weht, dann geht es hoch wollig und bommelig her. Da werden alle verfügbaren Mützen aus verklungenen Wintersporturlauben hervorgekramt und wild über die Ohren gestülpt. Ebenfalls ein guter, praktischer Wert und Schutz gegen Eiszapfen an den Ohren. Allerdings fragt man sich, welche Bedeutung eine Pudel-Bommelmütze, meist zwei rechts, zwei links gestrickt, hat, wenn sie wie ein Zuckerhut, weit oberhalb der Ohren, auf solch einem Kopfe thront.
Ein so Bemützter hinterläßt einen recht trotteligen Eindruck, was zu peinlichen Situationen führen kann, dieser "Look" verkleidet nämlich seinen Träger oft bis zur Unkenntlichkeit. Denn wer erkennt in diesem Bommelmützchen noch den schnittigen Playboy vom Abend zuvor, der eine kesse Sohle aufs Parkett legte und exzellent charmant zu plaudern wußte. Hier kann man wirklich sagen: Mützen machen keine Leute.
Auf jeden Fall wirken diese Verkleidungen der Sonnen-, Regen-, Kälte- und Windmützen wie liebenswerte Narrenkappen, die zur allgemeinen, fröhlich gelockerten Urlaubsstimmung beitragen. Deshalb ist diese Hüteschau ein wichtiger Bestandteil im bunten Urlaubstaumel und nicht wegzudenken.

Die Wechsler

Die Wechsler

Die Wechsler auf Sylt haben nichts mit Geld und Wechselstuben zu tun. Bei ihnen handelt es sich um die Menschen, die sich nach einem ordentlichen Textilbadestrandaufenthalt entschließen, zu den weitverbreiteten "FKKlern" überzulaufen.
Solch ein Entschluß läuft meist in mehreren Etappen ab: In den ersten Tagen des Textilaufenthaltes ist die Welt noch in Ordnung, man fühlt sich in seiner Bekleidung absolut wohl, denn schließlich hat man sich den modisch heißesten Bikini zugelegt. Doch schon nach wenigen Tagen erwischt man sich dabei, wie man leicht interessiert in die unbekleidete Zone hinüberschielt. Gedanken: "Wieso eigentlich nicht", fangen langsam an, sich in das sowieso lockere Urlaubsdenken einzuschleichen. Eh' man sich versieht, hat man dann auch schon keck den ersten Spaziergang im Paradies der Nackten hinter sich, allerdings noch wohlbekleidet. Und wenn es sich auch nur um winzige Dreiecke handelt, man hat was an. Aber gerade diese winzigen, kleinen Dreiecke sind es, die zu einem echten Problem im Augenblick des beschlossenen Überlaufs werden können.
Erstens ist man für eine ganze Zeit als Überläufer mit den häßlichen kleinen Dreiecken an diversen Stellen gekennzeichnet, und zusätzlich können empfindliche Hautprobleme die, ach so fröhliche, nackte Urlaubsstimmung trüben. Denn was bleibt zwei hilflos weißen Pobacken anderes übrig, die plötzlich, vielleicht sogar das erste Mal in ihrem Leben, der Sonne ausgesetzt

werden: Sie strahlen – überstrahlen all die braungebrannten Körper, wie zwei kleine Monde in lauer Sommernacht, und bruzzeln traurig vor sich hin. Der Erfolg bleibt nicht aus, denn bereits am nächsten Tag, oder schon abends, haben sich die "Po-Schneewittchen" in rote Glühäpfelchen verwandelt.
Bei derart gezeichneten Menschen erfreuen sich Stehplätze jeglicher Art großer Beliebtheit. Beim täglichen Strandspaziergang erinnert eine Parade verbrannter Pobacken leicht an die lustigen Paviane im heimatlichen Zoo. Doch das Strandleben nimmt seinen Lauf, und ein dreiwöchiger Urlaub reicht nicht aus, die Farbunterschiede der vernachlässigten Körperteile dem Endziel anzupassen.
Deshalb muß man sich dem Schicksal hingeben und "kariert" sein Leben fristen. Denn, während Arme, Beine, Bauch sich artig bräunen, durchleben zwei verbrannte Pobacken alle Stadien der Färbungen und Häutungen. Aber so ein Leben härtet ab und hebt das Selbstbewußtsein, denn eins steht fest, nie wieder wird textil "gesyltet".
Wenn, dann steht man ganz zu seinem nackten Entschluß. Und sollte es mal etwas kälter werden, zieht sich ein richtiger FKKler einen Pullover an, der Po bleibt dabei frei. Sollte es noch kälter werden, setzt man eine Pudelmütze obendrauf, aber der Po bleibt frei.
Diese Handlungsweise scheint ein ungeschriebenes Gesetz zu sein. Zumindest gibt es jedem Po die Gelegenheit, sich ein sinnliches "Blauviolett" zuzulegen.

Seezunge

Seezunge

Wer sich diese Insel ausgesucht hat, weiß in etwa, was ihn erwartet: Meer, Strand, Sonne und ab und zu mal Wind und Regen. Die Sonnentage sind dabei sehr leicht auszufüllen, man geht einfach an den Strand und genießt! Regentage jedoch erfordern eine etwas gründlichere Vorbereitung, denn schließlich muß jeder kleinen Depression über das schlechte Wetter entgegengearbeitet werden. Auf diese Art und Weise ist manches kleine, niedergeschlagene "Ich" mit der Aussicht auf einen ganz besonderen kulinarischen Genuß aufgehellt worden. Und was empfiehlt sich da besser als ein Fischessen, es verlangt gerade danach auf einer Insel mitten im Meer.
Also werden an solch einem Tag alle noch nicht vom Sand durchgekrümelten Kleidungsstücke hervorgekramt, und los geht es. Allerdings werden die vielen Lokale, in denen es die herrlichsten Fischgerichte gibt, erst einmal zur Qual der Wahl. Jedoch ein hungriger Magen und eine schnuppernde Nase führen zu einer schnellen Entscheidung. Lediglich das Portemonnaie hat noch ein kleines Mitspracherecht.
Aber die Besonderheit eines solchen Tages läßt mancherlei Leichtsinn aufkommen, und ganz fix sitzt so ein hungriger Mensch an einem Tisch mit blitzsauberer, weißer Decke und der Speisenkarte in der Hand! Und wieder heißt es in der Fülle des Angebots, Entscheidungen zu treffen. Doch dann ist es soweit und "Eine Seezunge, bitte!" wird ausgesprochen. Nun gilt es nur noch, die Wartezeit zu überbrücken, bis dieses herrliche

Ding, das als Hit auf allen Speisenkarten gepriesen wird, erscheint. "Seezunge auf Sylt essen", wer es soweit gebracht hat, hat es in seinem Leben schon zu was gebracht.
Dieser Mensch kann sich gemütlich in seinem Stuhl nach hinten lehnen und der Dinge harren, die da kommen. Und die Dinge kommen! Es gibt Lokale, die sich tellermäßig der Fischform angepaßt haben, aber die meisten Lokale bedienen sich der einfachen, flach geformten Ausgabe, und da wird die Sache interessant.
Welch ein Anblick bietet sich bei einer Portion, die rechts und links über den Teller lappt?! Die erste Begegnung von Seezunge und Gast ist meist von Untätigkeit gezeichnet, es sind Augenblicke des absoluten Erstaunens, wobei der Gast mit großen Augen und leicht geöffnetem Mund auf die Portion starrt und in einer Art Gedenkminute verharrt. Doch dann setzt blitzartig die strategische Phase ein, und die Überlegung "Wie und wo fange ich an" wird zum Mittelpunkt der Gedanken. Mit dem dazu gereichten Handwerkszeug kommt dann langsam Bewegung in das Geschehen.
Nach anfänglichen Schwierigkeiten, denn das erste Abtrennen einer mundgerechten Portion erfordert volle Konzentration und ein klein wenig Geschick, liegt das erste Stück bald auf der Zunge. Und die Seezunge zergeht auf der Zunge. Der ersehnte Augenblick der Erfüllung!
Die Worte des Entzückens darüber füllten sicher ganze Bücher. Mutig werden die einzelnen Portionen nacheinander fein säuberlich von den Gräten getrennt, zum Munde geführt und verspeist. Der Magen vollführt einen Freudenhüpfer nach dem anderen, die Wangen leuchten leicht gerötet, und das kulinarische Fest eilt seinem Höhepunkt entgegen. Dann ist es soweit, ein sauber weißglänzendes Grätengebilde, übrigens ein Kunstwerk der Natur, liegt vor dem eifrigen Esser.
Just in diesem Augenblick wird ein Seezungenessen zum Problem, denn es stellt sich die Frage, wie man nun an die andere Seite dieses Gebildes gelangt. Hier bieten sich satt Möglichkeiten für den vielgepriesenen Erfindungsreichtum des Menschen.

Die einfachste Lösung wäre es, die Grätenrispe fein säuberlich abzuheben und auf den beigefügten kleinen Teller zu legen.
Aber nichts dergleichen geschieht, denn seltsamerweise bemühen sich 90% der Menschen, die ganze Geschichte komplett umzudrehen. Dabei ist, dies zu schaffen, ohne daß dem Gegenüber die Buttersoße ins rechte Auge spritzt oder alles neben dem Teller landet und sich über Rock und Hose verteilt, schon eine Überlegung wert. Also hängt man sich in voller Konzentration in die Ausgangsposition: Das Fischmesser wird in der Mitte untergeschoben, die Gabel bietet leichten Halt von oben und mit Kraft und Schwung "herum". Es gibt Leute, die das schaffen, "klatsch" sagt es ganz diskret. Vielleicht kullert dabei mal ein Kartöffelchen vom Teller, das wird schnell wieder eingesammelt. Aber es hat geklappt.
In den meisten Fällen kommt die Aktion jedoch zu Fall. Denn im wichtigsten Augenblick des Umschwungs gehorchte nur der mittlere Teil des Fisches dem Kommando. Kopf- und Schwanzende verharren stumm auf dem Teller. Nicht selten vermischen sich bei dem zweiten Teil der Zeremonie das köstliche Fleisch mit den Gräten, und ein zeitraubendes Puzzlen beginnt.
Pausenlos liegen ärgerlich piksende Gräten auf der Zunge, die Finger werden fettig, der Teller zur unappetitlichen Unordnung, und eigentlich fühlt man sich bereits schrecklich satt. So daß man in dem Augenblick, wo die wichtigsten und größten Stücke herausgepult erscheinen, erleichtert das Besteck zur Seite legt, den letzten Wein genießt, sich wohlig abgefüttert zurücklehnt und feststellt: Das war ein Genuß!

Bunte Tierwelt

Bunte Tierwelt

In einschlägigen Büchern über Sylt wird stets die reichhaltige Pflanzen- und Tierwelt gepriesen. Doch viele der Urlauber verbringen ihren zwangsbegrenzten Syltaufenthalt "nur" am Strand, und da sind diese Raritäten der Natur nicht zu sehen. Aber für den Kurgast wird dermaßen viel getan, daß man nicht genau weiß, ob es die Natur oder die Kurverwaltung war, die dafür sorgte, daß auch den absoluten "Strandbrütern" ein bißchen Tierwelt geboten wird.
Da gibt es beispielsweise die niedlichen kleinen Junikäfer, die so zahm sind, daß sie den Kurgastkörper rauf und runter krabbeln, und manchmal, wenn sie ganz übermütig sind, zwacken sie ganz zart in Hals und Bein. Nicht jeder Gast versteht diesen Spaß und hüpft dann, quiekend und um sich schlagend, aus dem Strandkorb. An ganz besonders schönen Tagen versammeln sich die kleinen Schlingel in ganzen Scharen und sorgen für reichlich Leben in den Körben.
Wem die Unterhaltung mit den Junikäfern zu eintönig ist, der kann sich mit der Vielfalt der Quallen auseinandersetzen. Bei stetem Ostwind und lascher Brandung findet man die kirschkerngroßen Quallenkinder so zahlreich, daß sich der Badende wie in einem großen Topf Sagosuppe fühlt. Sicher ist dies ein lustig glibberiges Gefühl, doch wer etwas gegen langweilige Kleintiere hat und das brenzlige Abenteuer sucht, kann sich seinen Urlaub auch zu Zeiten der Feuerquallen einrichten. Eine weitaus abwechslungsreichere Erlebniszeit, denn wer beim

Feuerquallen-Slalom-Schwimmen mit einem der berühmt berüchtigten Ätzfäden in Berührung kommt, lernt, wenn es ganz schlimm kommt, einige der freundlichen Sylter Ärzte kennen.
Als schnuckelige Beigabe glibbern auch noch ein paar nicht aggressive Blumenkohlquallen den Schwimmern zwischen die Beine oder am Bauch entlang.
"Igitt", schreit so ein undankbarer Schwimmer, dabei sollte er froh sein, daß es die Quallen gibt, sind sie doch ein sicheres Zeichen, daß dieses Meer noch lebt.
Allergrößter Beliebtheit erfreuen sich Seesterne als begehrte Objekte der Sammlerleidenschaft der Strandbewohner. Welche Freude, wenn ein besonders großes Exemplar gefunden wird. Vorsichtig wird die wertvolle Beute mit in die Pension genommen und auf der Fensterbank zum Trocknen ausgelegt. Leider verstehen nur wenige etwas von der Präparation, doch der Seestern meldet sich sehr bald, und es fängt an, fürchterlich zu stinken. Nachdem sich alle Zimmergenossen gegenseitig verdächtig haben, kommt man drauf: "Verflixt, das kann doch nur..., oh, schade!"
Und dann sind da noch die Akrobaten des Himmels, die oft fälschlich die "Geier des Nordens" oder "Ratten der Luft" genannt werden. Am Strand sind sie jedenfalls nicht wegzudenken, denn wer hat sich nicht schon an den eleganten Bewegungen erfreut, wenn sie ohne den kleinsten Flügelschlag auf die Buhnen hinunterschweben und sanft, ohne zu straucheln, landen? Dabei hat manche Möwe in der sonst störenden Badebevölkerung eine gute Abwechslung zum ewigen Fischeinerlei ihrer Speisenkarte entdeckt, sich auf Brötchentüten spezialisiert und sich stets beim Frühstück eingestellt. Doch wo eine Möwe ist und frißt, sind im Nu auch zwei und mehr. Hat die Fütterung mit viel Geschnatter und Geflatter erst ihren Höhepunkt erreicht, erscheinen am Himmel, wie an unsichtbaren Fäden gezogen, ganze Schwärme hungriger "Geier". Wilde Keilereien werden um winzige alte Brötchenteile ausgetragen, und nicht selten stibitzen die dicksten Möwen die größten

Stücke. Deshalb dauert es nicht lange, und der Beutel alter Frühstücksbrötchen, der ursprünglich für nur eine Emma gedacht war, ist leer.
Mit deutlicher Gebärde wird die Tüte umgekrempelt, um allen Möwen klarzumachen: "Alle, alle!" O Wunder, man versteht. Noch ein paar Schau- und Sturzflüge auf winzigste Krümelchen im Sand, noch ein bedauerliches "Queck", und schon driftet der ganze Schwarm ab und verschwindet ebenso unmerklich, wie er gekommen war.
Während der leere Beutel sorgsam zusammengefaltet wird, kehrt wieder Ruhe in das Strandkorbleben. Noch nicht ganz! Denn stolz wie ein Spanier stelzt plötzlich eine dicke, weißgraue Möwe hinter dem Strandkorb hervor. Emma, die "Unerschrockene". Sie ist eine Kennerin der Branche und wartet ganz ruhig und beharrlich auf das richtige Frühstück mit Butter und Schinken. Nichts auf dieser Welt würde sie mehr wegbewegen.
Und wer kann solch erwartungsvollen Blicken widerstehen? Da wird das Frühstück komplett geopfert. Ohne Geschnatter und Geflatter, das könnte die anderen nur anlocken, schlingt Emma alles Dargebotene in sich hinein. Irgendwann jedoch hat auch sie genug und schaukelt satt von dannen.
Danke schön!
Und ein hungriger Frühstücksmensch bleibt zurück.

Geld allein macht nicht glücklich

Geld allein macht nicht glücklich

Jeder Mensch hat seinen Traum. Aber alle Menschen haben einen Traum gemeinsam. Sie träumen davon, so leicht wie möglich an viel Geld zu kommen, um dann sorglos vor sich hin leben zu können. Das große Geld als Befreiung aus der Versklavung des Alltags hat schon viele in große Unternehmen gestürzt und Kräfte freigelegt, von denen die Menschen selbst nichts gewußt hatten. Und tatsächlich haben gute Ideen zum großen Geld und zur Traumerfüllung geführt. Aber große Ideen haben die Menschen auch aus ihrem friedlichen Alltag gerissen, so auch mich. Es fing ganz harmlos an.
Ich war stundenlang am Meer entlanggeschlendert und hatte meine Gedanken weit über die Wellen bis zum Horizont geschickt. Die Sonne küßte mein Gesicht, und der zarte Film der Salzluft ließ meinen Teint wie Samt und Seide schimmern. Der Spaziergang hatte meinen Kreislauf gut in Schwung gebracht. Ich fühlte mich schlicht sauwohl und atmete tief durch. So müßte das Leben immer sein. Am Meer spazierengehen, den Gedanken freien Lauf lassen und einfach das Dasein genießen. Dies wäre ja auch alles möglich, wenn nur das liebe Geld nicht wäre.
Wenn ich in mein Portemonnaie guckte, mußte ich feststellen, daß ich in diesem Kurort, direkt am Meer, das Doppelte pro Tag ausgab, was ich sonst an einem Tag verdiente. Ich hatte den Eindruck, daß die Gezeiten des Meeres nicht nur das Wasser in die Unendlichkeit abzogen, allerdings mit dem Unterschied,

daß die Flut das Geld nicht wieder mit zurückbrachte. Geld, Geld müßte man haben.
"Strand-Casino Westerland"! Zweimal lasen meine von der Sonne geblendeten Augen. "Strand-Casino Westerland"! Geöffnet! Wie erstarrt blieb ich vor der Reklame stehen. Menschenskind, auf diese Idee war ich ja noch gar nicht gekommen. Es erschien mir wie ein Wink des Schicksals, daß dieses Schild mitten in meine Geldgedanken hineinplatzte. Das war kein Zufall. Das war eine Verpflichtung, die mir mein Schicksal auferlegte.
Denn wer nicht wagt, der nicht gewinnt!
Derart gestärkt und gerüstet betrat ich frohen Mutes den Spielsalon, und gerade in diesem Augenblick klingelten aus einem Automaten ganze Münzorgien. Das Geräusch der ineinanderfallenden Geldstücke klang in meinen Ohren wie zärtliches Zirpen meiner Traumgeigen. Dies war der Ort meiner Erfüllung! Hier würde ich heimisch werden. Für Sekunden zogen Bilder an meinem geistigen Auge vorbei, die mich mit Säcken voll herrlich klingenden Geldstücken aus diesem Laden stiefeln ließen.
Vor dem ewig spuckenden Automaten stand ein kleiner, älterer Herr in einem schlichten, grauen Mantel und einer alten, abgegriffenen Mütze auf dem Kopf. Seelenruhig kramte er die vielen Geldstücke aus der engen Rinne und füllte sie in zwei schwarze Kästchen. Als sich der Apparat beruhigt hatte, griff er noch einmal suchend in alle Ecken der Auffangrinne, ob er auch alles Geld erwischt hatte. Leicht hinkend begab er sich zur Kasse und tauschte das Geld in Scheine um. Kaum die Scheine in der Tasche verstaut, eilte er mit ein wenig Kleingeld zum nächsten Automaten. Solch einem Beispiel folgend, tauschte ich meine Scheine in Kleingeld um, kleine Zwanziger-Scheine. Nie wieder Zwanziger, ab heute würde ich nur noch Hunderter in meiner Tasche tragen, wie der kleine Mann. Mein Körper straffte sich, mein Geist sprühte – diese kleinen lächerlichen Automaten, ach, und nur zwölf Zahlen auf der Scheibe. Herrlich.

Ich ging auf einen Automaten zu. Gerade als ich mein erstes Geldstück einwarf, klapperten bei dem älteren Herrn wieder die Stücke wie wild in den Kasten. Ich dachte mir eine Zahl, setzte, steckte mein Geld ein und drückte auf den Knopf. Los ging es. Mit lustigem Blinken drehte sich die Scheibe, und atemlos verfolgte ich den leuchtenden Punkt. Ich entspannte mich, allzugroße Spannung, meinte ich, könnte die Wahl der Zahlen vielleicht beeinträchtigen. Der große Augenblick: Der Punkt blieb stehen! Eine Zahl. Aber leider nicht die von mir gewählte. Nun, was erwartete ich denn? Mein Kästchen war bis oben hin mit Münzen gefüllt. Jede Münze eine Chance für ein schönes Klimperkonzert.

Fröhlich setzte ich, drückte ich, wartete ich. Locker, locker bleiben. Die Scheibe drehte, blieb stehen, Zahl! Eine schöne Zahl, die Sieben, eine mystische, sonst meine Glückszahl, nur hatte ich sie nicht gedrückt. Deshalb setzte ich bei nächsten Spiel mehrere Zahlen, das hieß auch mehr Einsatz, aber auch mehr Möglichkeiten zu gewinnen.

Warum war ich nicht schon eher drauf gekommen? Spiel, drehen, Zahl. Großes Geklimper. Mein Herz blieb stehen! Leider nicht bei mir. Der kleine, ältere Herr! Mein Kästchen war noch gut gefüllt. Mein Geist blieb ruhig. Neues Spiel, neues Glück. Ich setzte mehrere Zahlen nun ganz gezielt, denn ich hatte mir etwas die Zahlen gemerkt und ging systematisch vor. System, das war das Zauberwort. Ganz klar, wahlloses Setzen, wie ich's am Anfang praktiziert hatte, konnte nie zum Ziel führen.

Ich hatte ein gutes Gefühl, drückte, Zahl. Sch…, daneben. Bitte Haltung, rief ich mich selbst zur Ordnung. Immerhin befand ich mich noch in der Anfangs- und Übungsphase.

Bei dem älteren Herrn klingelte es schon wieder. Ich schielte zu ihm hinüber, leider konnte ich einen leichten Anflug von Ärger nicht unterdrücken. Warum nur er? Beim Hinüberschielen hatte ich jedoch bemerkt, daß der ältere Herr sich beim Lauf der Scheibe ganz arglos umdrehte und den Lauf der Scheibe nicht beobachtete.

Das war es. Also drehte ich mich nach Auslösen der Spieltaste arglos um und schaute nach draußen. Eine Dame mit einem albernen Pudelchen ging draußen vorbei und kämpfte mit ihrem aufgeschlagenen Mantel gegen den plötzlich aufgekommenen Wind. Interessant, fast hätte ich mein Spiel vergessen. Nun, nichts hatte mich geweckt, kein himmlisches Klimpern. Das Spiel war lange beendet, und der Apparat blieb stumm. Unbeirrt blieb dieses Ding auf einer vollkommen falschen Zahl stehen. Also, mit dem Weggucken war es auch nichts. Mein Kästchen sah schon etwas dünner aus, und beim nächsten Spiel kniff ich vor Spannung meine Pobacken zusammen und knirschte mit den Zähnen. Vielleicht konnte ich auf diese Art die Zahlen zwingen. Meine Muskulatur hatte sich verkrampft, und mein Weisheitszahn antwortete schmerzhaft auf diese Überanstrengung, aber nichts rührte sich. Der ältere Herr wurde mir immer unsympathischer, sein Klingeling von nebenan begann mich zu langweilen. Dieser Mensch konnte ja gar keinen Spaß mehr daran haben. Der arme Kerl kannte scheinbar gar nicht mehr den prickelnden Augenblick der Spannung.

Neuer Satz, Spiel, Klimper! Wie bitte, Klimper? Klimper an meinem Apparat? Ich konnte es kaum fassen. Wie konnte das geschehen? Was hatte zu diesem glücklichen Ziel geführt? Ich beobachtete mich und versuchte, mein Verhalten während der Spielzeit zu rekonstruieren. Ja, ich hatte an mein rechtes Ohrläppchen gefaßt. Weihevoll legte ich ein teures Geldstück nach dem anderen in mein schwarzes Kästchen. Eine beträchtliche Lücke war somit wieder gefüllt.

Von nun an ging's bergauf. Ich setzte neu, legte meine Hand ans Ohrläppchen und wartete. Nur gut, daß ich keinen Handstand gemacht hatte. Das wäre auf die Dauer sicher anstrengend geworden. Aber die Sache mit dem Ohrläppchen klappte nicht. Es wurde bereits ganz rot und empfindlich, aber die Klingelei blieb aus. Ich setzte und setzte, und mein Kasten wurde leer.

Wie durch Zauberhand war alles Geld in die Hände des kleinen, älteren Herrn geraten. Er ging zur Kasse, ich an der Kasse vorbei. Die Tür öffnete sich, das Meer, der Strand hatten mich wieder. Zwar um einen Traum ärmer, was das große Geld anbelangte. Aber sollte ich nicht dankbar sein, daß ich gerade mitten in einem Traum leben und diese Insel, dieses Meer erleben durfte?

So getröstet, nahm ich meine Strandwanderung wieder frohen Mutes auf.

Die zwei Gesichter

Die zwei Gesichter

Die Physiognomie, das Gesicht eines Menschen, gilt als Spiegel der Seele und dient nicht nur dem Psychiater als Grundlage bei der Beurteilung und Einschätzung eines Menschen.
Veranlagungen, Intelligenzquotient und Charaktereigenschaften teilen sich auf unerklärliche Weise in unseren Gesichtern mit. Nicht selten gelingt es sogar, den Beruf eines Menschen auf den Kopf hin zu bestimmen.
Hohle Wangen (wobei hier nicht auf schmale Dozentengehälter hingewiesen werden soll), hohe Stirn, Goldrandbrille lassen mindestens auf einen Professor schließen. Pralle, runde Wangen, leicht gerötete Nase, Doppelkinn und stets sattes Lächeln deuten da mehr auf einen kernigen Metzger hin. Feine, zarte Nase und gleichmäßige Gesichtskonturen, gut parfümiert, große, aufmerksame Augen mit huschigem Blick führen zu Vermutungen wie "Modebranche" oder so. Exakt gezogener Seitenscheitel rechts, energische Kinnpartie, stets verbindlicher Gesichtsausdruck und immer ein flottes Wort auf den Lippen: Vertreter. Großzügig ovales Gesicht, forsche, entschlossene Augen und sachlicher Unterkiefer: Unternehmer.
Die Reihe dieser Auswertungen ließe sich beliebig verlängern. Und wer hat sich noch nicht in ein bekanntes Café auf der Friedrichstraße gesetzt und den nie abreißenden Menschenstrom bestaunt und seine Studien betrieben?
Bei schlechtem "Strandwetter" eine höchst amüsante und ab-

wechslungsreiche Beschäftigung. Vielleicht hat man dabei auch über den einen oder anderen etwas geschmunzelt. Auf jeden Fall fühlte man sich bei seinen Begutachtungen und Beurteilungen sicher.

Wie anders jedoch gestaltet sich dies alles am sogenannten FKK-Strand. Denn in dem Augenblick, wenn alle Hüllen fallen, zeigt sich zusätzlich das zweite Gesicht (Popo). Und just in diesem Moment werden alle Erfahrungswerte ungültig und führen zu einer hochgradigen Verwirrung des Betrachters. Ein Popo ist nämlich nicht gleich Popo. Jeder hat seine Eigenarten und paßt nicht immer zum Gesicht. Dabei ergibt sich die Frage, welchen Kriterien die Kehrseite entsprechen muß, um zum Gesicht zu passen. Eines jedenfalls steht fest, ein noch so energisch autoritäres Generaldirektorengesicht büßt erheblich an Ausstrahlung ein, wenn dazu ein kleiner, zarthäutiger Po zu sehen ist. Tatsächlich klingt ein "Guten Morgen, Herr Doktor" keineswegs mehr so bedeutungsvoll und selbst: "Ach, Sie sind es, Herr Regierungsrat", macht angesichts der vielen "Gesichter" wenig Eindruck. Auch "Meine Verehrung, Herr von Bartelsleben", begleitet von einer vornehmen Verbeugung, läßt allen Glorienschein des Adels beim Anblick zwei leicht verhutzelter, schlaffer Hinterbäckchen im Sand verrieseln.

Egal, wie auch immer. Orden, Ehrenzeichen und Statussymbole werden durch zwei unschuldige Pobacken ausgelöscht und schaffen eine Basis der Chancengleichheit, die in dieser Gründlichkeit keine Politik und keine humane Idee bisher erreicht hat.

Vielleicht ist das der Grund, daß gerade am FKK-Strand eine absolut unvoreingenommene Freundlichkeit herrscht: Hier ist man einfach nett zueinander, nur Mensch! Bewußt wurde bisher das weibliche Geschlecht ausgelassen. Dies ist nämlich ein anderes Thema, denn vielfach zeigt sich bei dem sogenannten Enthüllungsprozeß erst alle Herrlichkeit, die bisher nur in verklemmten Jeans und zu weiten Pullovern ein kümmerliches Dasein fristete.

Das Haus in den Dünen

Das Haus in den Dünen

Mein Weg zum Strand führte mich lange an einem Haus vorbei, das etwas versteckt von Rosenbüschen am Rande der Dünen stand. Anfangs hatte ich dieses Haus nicht sonderlich beachtet. Nun, ein sogenanntes Friesenhaus aus rotem Backstein mit einem Reetdach ist in diesen nördlichsten Gefilden keine Besonderheit, obwohl mich diese Häuser ganz besonders begeistern, weil sie sehr viel Behaglichkeit ausstrahlen.
Wie freundliche Glucken ducken sie sich in die Landschaft, jederzeit bereit, alle umherschwirrenden Küken unter ihren Fittichen vor dem ständigen Wind zu beschützen.
Deshalb sah ich dieses Haus täglich, ohne es je richtig zu sehen.
Doch eines Tages geschah es: Schmerzgequält mußte ich auf meinem Weg zum Strand eine Pause einlegen. Ich hatte mir mal wieder zu schweres Gepäck aufgeladen, so daß meine Finger von den viel zu dünnen Henkeln meiner Tasche arg stranguliert wurden und fürchterlich schmerzten. Ich stellte die schwere Last ab und bog meine verunstalteten Finger, die eher armseligen Regenwürmern glichen, erst einmal wieder zurecht. Bei dieser Gelegenheit schaute ich mich um und sah zu diesem Haus hinüber.
Wohl glücklich über meine plötzliche Aufmerksamkeit, nickte es mir zu, wie eine freundliche Gestalt, die zufällig dort in den Dünen saß.
Ich nickte zurück, zwar etwas zögernd und verwundert, denn bisher hatte mich noch kein Haus gegrüßt, aber ich nickte. In

der Annahme, ich hätte schon leicht gelitten ob meiner schweren Verletzungen an den Fingern, nahm ich die Tasche in die andere Hand und lief eiligst an den Strand.
Meine Urlaubsreife war wohl größer, als ich annahm. Wie sehr ich auch versuchte, mich mit Buddeln, Schwimmen und Lesen abzulenken, der Gedanke an dieses merkwürdige Haus ließ mich nicht mehr los. Abends wählte ich allerdings den Weg über die Kurpromenade nach Hause, denn irgendwie war mir diese Begegnung zu mysteriös. Am nächsten Tag hatte ich alles vergessen und ging mutig meine gewohnte Strecke. Obwohl ich mich innerlich sträubte, schaute ich unweigerlich zum Haus hinüber.
Wieder grüßte es, still lächelnd, hocherfreut über meine erneute Beachtung. Ich lächelte zurück und setzte eilig meinen Weg fort. "Verrückt, du bist verrückt, das darfst du keinem Menschen erzählen, daß du dich mit Häusern unterhältst", sprach ich zu mir selbst. Den ganzen Tag mußte ich an das Haus denken. Allerdings war mir die Sache nicht mehr ganz so unheimlich. Fast wurden diese Gedanken zu einer liebgewordenen Tatsache, daß ich mich schließlich auf meinem abendlichen Heimweg, kurz vor dem Haus, einer gewissen Spannung nicht mehr erwehren konnte. "Hatte ich mir alles nur eingebildet, oder würde es mich wieder grüßen", durchkribbelte es meinen ganzen Körper.
Wie immer zwang mich eine übermächtige Kraft, dort hinzusehen, und... – es grüßte. Ich lachte hinüber, und da mich ein unbeschreibliches Gefühl der Vertrautheit überfiel, hätte ich um ein Haar die Hand gehoben und gewinkt. Mir war, als hätte ich eine neue Freundin gefunden, und irgendwie war auch ich Freundin geworden.
Am dritten Morgen konnte ich es kaum erwarten, zu dem Haus zu kommen. Mein Frühstück schlang ich schnell hinunter, die Badetücher stopfte ich eilig in die Tasche, und mir sonst wichtige Dinge überging ich einfach. Von weitem versuchte ich, wenigstens einen Zipfel vom Dach zu erblicken. Denn quälende Ängste stiegen in mir hoch, es könnte plötzlich nicht

mehr da sein, und alles war nur ein dummer Traum, hervorgerufen durch zu intensives Sonnenbaden.
Doch sobald ich näher kam, fiel mir ein Stein vom Herzen, es stand da. Ich blieb stehen, stellte meine Tasche hin und schaute erwartungsvoll hinüber. Noch freudiger als sonst grüßte es, und überglücklich, daß ich stehengeblieben war, winkte es mir zu. Winkte, als sollte ich mal näher kommen. Einem hypnotisierten Kaninchen gleich, rührte ich mich nicht vom Fleck.
Je länger ich allerdings verweilte, desto dringlicher wurde diese Aufforderung. Immer heftiger wurde das Winken und steigerte sich dermaßen, daß ich glaubte, die verzweifelten Rufe und Schreie eines hilflos angeketteten Wesens zu hören. Da ich mich aber nicht von meinem Platz wegbewegte, wurde das Winken schwächer, die Schreie leiser, und dumpfe Traurigkeit legte sich wie ein bleierner, grauer Schleier über das Haus. Wie gerne wäre ich der Einladung gefolgt. Aber schließlich konnte ich nicht einfach durch mannshohe Rosenbüsche auf ein fremdes Grundstück marschieren. Erst in diesem Augenblick war mir aufgefallen, daß es keinen Weg, keinen Eingang, kein Tor dorthin gab. Eingeschlossen von Rosen – nichts als Rosen. Schlimmer konnte das Schloß von Dornröschen nicht umzingelt gewesen sein. Zudem hatte ich den Eindruck, daß die kleinen, gemütlichen Fenster im Obergeschoß sich staubverhangen und müde unter dem Dach zu verstecken suchten. Nur zaghaft lugten einst weiße Gardinen hervor, und auch sonst erschien mir dieses Anwesen recht verwahrlost zu sein.
Von einer schlimmen Ahnung getrieben, setzte ich mich langsam in Bewegung und zwängte mich durch die eng miteinander verwobenen Büsche. Neugier und Spannung wurden immer größer und verliehen mir übermächtige Kräfte, denn nur so gelang es mir, den dornenreichen Weg zu überwinden. Meine einst weiße Hose und meine Bluse verwandelten sich dabei in komplettes Räuberzivil. Ein paarmal hatte ich große Mühe, meine Tasche aus dem Ästegewirr zu befreien. Doch bald hatte ich es geschafft.

Geschafft! In fast kniehohem Gras stand ich direkt davor. Mein Haus! Es gab keinen Zweifel, die Fenster der unteren Räume waren mit dicken Brettern und festen Latten vernagelt, das Haus stand leer. Mir war, als senkte es seinen Blick, sich schämend, in welchem erbarmungswürdigen Zustand es sich befand.

Fast behutsam, als könnte ich noch mehr zerstören, ging ich um das Haus herum. Überall das gleiche Bild: Verwahrlosung, Zerstörung und zugenagelte Fenster. Dieses Haus glich eher einem Sarg als einem Raum, der fröhliches Leben beherbergen sollte.

Erschüttert über den schrecklichen Anblick, rollten mir Tränen die Wangen hinunter, und leichtes Schluchzen schüttelte meinen Körper. Ich mußte meine Fassungslosigkeit erst einmal verarbeiten. So standen wir uns eine ganze Weile still und ratlos gegenüber. Ab und zu erinnerten ein paar fröhliche Schreie, die vom nahen Strand herüberwehten, daß es noch irgendwo Leben gab und daß das Leben auch wunderschön sein konnte. Nur hier...

Mechanisch begann ich, einige Bretter zu kontrollieren, ob sie wirklich unabänderlich verschlossen hielten, was sich hinter ihnen verbarg. Tatsächlich zeigte sich, daß hier und da eines leicht zu lösen war. Zielstrebig begann ich mit meiner Arbeit. Bald hatte ich ein Fenster frei, und wie selbstverständlich stieg ich durch die Öffnung ein.

Meine Augen mußten sich von dem strahlenden Sonnenlicht erst an die Dunkelheit gewöhnen. Ich befand mich in einem großen, von Fenstern umgebenen, halbrunden Raum, der nur hier und da durch einen grellen Lichtstrahl, der sich durch einen Ritz in den Brettern zwängte, erleuchtet wurde. Der Kamin an der einzigen fensterlosen Wand gab dem Raum trotz seiner grauseligen Verwahrlosung eine anheimelnde Atmosphäre und erinnerte daran, daß dieses Haus mit Sicherheit sehr gemütliche Stunden erlebt hatte.

Mancher Holzscheit war hier in loderndem, wärmendem Geflacker niedergebrannt, während glückliche Menschen sich vor ihm aneinanderkuschelten. Und wie viele Geschichten hatte er gehört, während der Feuerschein sich in gefüllten Gläsern widerspiegelte. Die anderen unteren Räume konnte ich unmöglich betreten, da sie bis zur Decke mit Möbelresten und Müll verstopft waren. Eine kleine, auf wundersame Weise unbeschädigte und beinahe sauber erscheinende Treppe führte in romantischem Bogen in die oberen Räume.

Meine Begeisterung kannte keine Grenzen, denn kleine, gemütliche Schlafzimmer deuteten die Wohnlichkeit früherer Jahre an. Aber auch hier sah es aus, als hätten King Kong und Tarzan ihre Kräfte gemessen und sich das Mobiliar gegenseitig auf den Köpfen zertrümmert, von ekelhaftem Dreck und Müll, den sogenannte "Ruinenbewohner" zurückgelassen hatten, ganz zu schweigen. Bei den Gardinen, die ich schon von außen entdeckt hatte, handelte es sich um hilflos zerrissene Reste sicher einst putzigen Fensterschmucks.

Erschüttert und verzweifelt über so viel Nachlässigkeit und Nichtachtung, ließ ich mich auf eine der vorhandenen Matratzen nieder. Eine Wolke feuchtgrauen Staubes puffte aus allen Nähten. Solch einer Last war sie lange nicht mehr ausgesetzt. Tja.

Jetzt war mir klar, warum mich dieses Haus gerufen hatte. Es war der Hilferuf einer erbarmungswürdigen Kreatur, die sinnlos seit Jahren vor sich hin starb, bei lebendigem Leibe vermoderte und sicher bald verwesen würde. Mit allerletzter Kraft hatte dieses Haus Unmögliches möglich und mich auf sich aufmerksam gemacht.

Aber leider hatte sich dieses bedauernswerte Objekt eine falsche Hilfe ausgesucht, denn ich war ja schließlich nur ein armer Schlucker. Der Sand in meinen Taschen wog mehr, als was ich an klingenden Münzen besaß.

Traurig und voller Hoffnungslosigkeit blieb ich in diesem Sodom und Gomorrha hocken. Reichtum im Herzen – war alles, was ich bieten konnte –, aber auch eine Möglichkeit zu überleben. Augenblicklich stellte ich mir vor, wie ich mit ein paar Eimern Lack und Latex in Sekundenschnelle alle Wände,

Decken und Möbel in fröhliches Himmelblau und Wolkenweiß tauchen würde.
Und als wäre dies alles bereits geschehen, erstrahlten die kleinen Räume in gleißendem Sonnenlicht. Die Fetzen an den Fenstern verwandelten sich in bauschige, duftige Chiffongardinen, die von meerblauen Bändern seitlich gehalten wurden. Frisches, sauberes, glänzendes Bettzeug, mit zarten Vergißmeinnicht bedruckt, verwandelte die vorhandenen Betten in Traumwiesen der Glückseligkeit. Das kleine Badezimmer glänzte fröhlich in neuem Fliesenschmuck, und die herrlichsten Seifen und Badeöle verbreiteten einen Duft wohliger Sauberkeit. Ich hörte das Klappern von Geschirr aus der Küche, und ganz deutlich klang das Lachen einer fröhlichen Unterhaltung aus dem unteren Wohnraum zu mir herauf. Denn auch dieser Raum erschien mir plötzlich sonnendurchflutet, als Insel der Behaglichkeit. Das zarte Blau und Weiß der Möbel und Wände ergänzte einander in angenehmen pastellenen Farbharmonien.
Glücklich lächelnd wiegte ich mich im Rausch der vor mir plötzlich auftauchenden Pracht. Das kleine Haus atmete auf und rekelte sich, als sei es zu ewig neuem Leben erwacht, und schwelgte in dem Erlebnis sonniger, fröhlicher Sommertage. Ein Vogel setzte sich draußen auf einen Rosenzweig und untermalte dieses paradiesische Treiben mit verheißungsvollem Gesang. Doch in diesem Augenblick kippte meine Tasche um, und eine große, silbrig glänzende Wolke alten Staubes wirbelte wie ein breiter Fächer durch die Luft. Ich mußte niesen. Das kleine Haus bekam einen Schreck, und beide wurden wir wach. Leider saßen wir immer noch im Dreck. Und die Fetzen an den Fenstern waren immer noch Fetzen, voller Enttäuschung mußten wir feststellen, alles war nur ein Traum. Müde, mit hängenden Schultern und dem Gefühl innerer Leere und Erschöpfung stieg ich die Treppe hinunter, verweilte einen Augenblick in dem großen Raum mit dem Kamin und krabbelte dann wieder durch das Fenster nach draußen.
"Tut mir leid, kleines Haus", tröstend streichelte ich die son-

nendurchwärmte Backsteinwand, "ich kann dir nicht helfen!"
Alle Hoffnung und Freude war gewichen, und das Haus wirkte bedrückter, noch in sich gekehrter, als würde es von der Last des Daches erstickt. Kraftlos und widerwillig schleppte ich mich durch die Rosen zurück. Die Hiebe der zurückschnellenden Äste schmerzten doppelt an meinen Händen. Und jeder Schritt vom Haus weg schnitt die Wunde in meinem Herzen tiefer.
Zögernd drehte ich mich noch einmal um. Das kleine Haus hatte die Augen geschlossen und strahlte eine seltsame Ruhe aus, wie ein Sterbender, der sich mit seinem baldigen Tode abgefunden hat. Ich war wohl die letzte Hoffnung gewesen. Die Tränen, die meine Augen füllten, ließen langsam die Konturen verschwinden. Vollkommen mutlos verließ ich diesen traurigen Ort.
Aber, wie der Zufall es wollte, fiel mir an diesem Tag ein bunter, fröhlicher Prospekt in die Hand: "Bauherrengemeinschaft Dünenglück", mit allen Informationen über Baubeginn, Kosten und Fertigstellung usw. Ein riesiger, aus vielen weißen, sterilen Kästchen zusammengesetzter Kasten, oder besser Wohnblock, mit braungebrannten und lachenden Familien davor verdeutlichte, welch ein Glück die neuen Bewohner dieser Siedlung erwartete. Das war also des Rätsels Lösung: Dieses idyllisch, harmonisch in die Landschaft gebaute Haus mußte dem eiskalten Kalkül des sogenannten Wirtschaftsfaktors (denn Appartements lassen sich besser verkaufen) weichen.
Bald würden Bagger und riesige Bulldozer erscheinen und mit wenigen Schlägen das zerstören und auseinanderreißen, was noch übrig war. Wie beharrlich auch Balken und Wände aushalten würden, mit wehklagendem Geräusch fallender Bäume müßten sie der Maschinenkraft nachgeben.
Armes Haus, arme Dünen, arme Menschen.
Doch am meisten tat ich mir selber leid.

Das kleine Essen

Das kleine Essen

"Seeluft macht hungrig." In früheren Zeiten, wo Volleibigkeit noch ein Zeichen des Wohlstandes war und Appetit gute Gesundheit signalisierte, wurde dieser "Seelufteffekt" in allen Kurprospekten hochgepriesen. Bei den heutigen modischen Gepflogenheiten, wo alle Damen, und mittlerweile auch die Herren, schlank wie Gartenlatten sein möchten, würde ein Werbeslogan dieser Art eher erschreckt alle Kurgäste von der Insel flüchten lassen.

Ob nun laut ausposaunt oder bewußt verschwiegen, die Tatsache bleibt: "Seeluft macht hungrig." Es gehört schon ein hohes Maß an Disziplin dazu, eventuelle Diätabsichten in solch einem Urlaub zu verwirklichen. Denn überall lauern böse Kaloriengefahren, die leider zu oft, und besonders bei schlechtem Wetter, nur mühsam umgangen werden können.

Da nimmt sich beispielsweise ein sonst diätbewußter Mensch einen Ausflug zum Lister Hafen vor. Sein unschuldiges Ziel: Schiffe "gucken", vielleicht eine Fahrt mit der Fähre nach Römö oder eine Butterfahrt. Kurz, so'n bißchen nördlichen Wind um die Nase wehen lassen.

Doch kaum am Hafen angekommen, findet sich dieser Asket blitzschnell an einem urigen Tisch der vielen wohlduftenden Fischbuden wieder. Wie war es dazu gekommen? Ganz einfach. Gerade, als er aus dem Auto stieg, wehte ihm eine würzige Knoblauchwolke entgegen. Als Kenner der Branche analysierte er gleich: "Scampis mit Knoblauchsoße." Auf dem Weg

zur Anlegestelle der Fähre spazierten diverse Leute mit Krabben-, Aal- und Matjesbrötchen an ihm vorbei, was die Funktion der Speicheldrüsen ungemein anregte. Als man an ihm eine dampfende Schüssel köstlicher Fischsuppe vorbeitrug, war es dann passiert.
Wie von Magneten gezogen, strebte er an den Tresen und drängelte sich in die gleichfalls drängelnde Menge. Nur eine winzige Kleinigkeit kann schließlich nicht schaden. "Fisch essen macht schlank." Eine Fischsuppe, Scampis mit Knoblauchsoße und zum Nachtisch ein Matjesbrötchen sind schnell verzehrt. Und erst in dem Moment, da ihm die leeren Plastikschüsseln als nicht mehr wegzuwischende Indizien seines Rausches der Gaumenfreude ins Auge fallen, wird er sich seiner Handlungsweise voll bewußt. Ein zaghafter Griff zum Hosenbund bestätigt leider, das war zuviel, aber schön.
Und weil man nun schon hier ist, lenkt man die müden, satten Schritte zum eigentlichen Vorhaben und läuft artig einmal ums Hafenbecken herum. Die Fähre ist natürlich gerade weg, und der Butterdampfer fährt erst in einer Stunde.
Dermaßen gesättigt, könnte ja nichts Schlimmes mehr passieren. Wie dem auch sei, auf dem Weg zum Auto hatte dieser fröhliche Esser schon wieder ein Krabbenbrötchen auf der Faust. So gestärkt, konnte es nun wirklich heimwärts gehen.
Aber bereits in Kampen, mitten im Ort, direkt an der verkehrsreichen Kreuzung, erwischte es ihn erneut. Umgeben von attraktiven, jungen Damen schlürfte er ein Gläschen Champagner und naschte, nur ein paar Häppchen, versteht sich. (Austernsalat, Mardernäschen und Qualle in Aspik.)
Ein findiger Delikatessenhändler hatte eines Tages ein paar "Stehtische" vor die Tür gestellt und somit seine Kunden angeregt, ihren Einkauf gleich an Ort und Stelle zu verzehren. Da die Portionen sehr klein und mancher Hunger größer, bot es jedem Gelegenheit, in Windeseile Nachschlag zu holen, ohne zwischen Unterkunft und Laden ständig hin und her zu pendeln. Und da stehen sie nun, reihenweise. Ein nobler Genießer

neben dem anderen und schwelgen in höchsten Genüssen und aktuellen Gesprächen, in topmodische Gewänder gehüllt.
"Dabeisein" ist nun mal eine Notwendigkeit, um "in" zu bleiben. Und deshalb nur hat unser sonst auf Diät bedachte Mensch dort halt gemacht. Mit hochroten Ohren, vom nachmittäglichen Champagner und den anstrengenden Konversationen hat er sich dann schließlich in Richtung Strand begeben. Auf der Fahrt dorthin hat sich allerdings der Magen mit einem kleinen, zarten Rülpser gemeldet, um anzukündigen, daß es bald reicht.
Wie ging es weiter? Gerade, als dieser Mensch den abendlichen Strandspaziergang ansetzen wollte, mußte er in Wenningstedt an einem bekannten Schnellrestaurant vorbei. Und genau dort lachte ihn ein wunderschöner gedeckter Apfelkuchen an, mit appetitlich glänzendem Zuckerguß, gefüllt mit saftigsten Früchten. Wer kann da widerstehen?
Tja, fast wie von selbst fiel ein großer Berg Sahne obendrauf, also war es geschehen. Allerdings, die rote Grütze mit Milch, die vielversprechend duftete, konnte lachen, soviel sie wollte, das Soll war voll erfüllt. "Ab, an den Strand!" Vorsichtshalber kaufte sich dieser Diätiker noch einen Verdauungsschnaps in einem kleinen Fläschchen, um eventuellen Verdauungsquerelen auf seinem Spaziergang vorzubeugen.
Und wer denkt, daß dieser Feinschmecker nun ein schlechtes Gewissen hatte, wird enttäuscht. Denn in der vollen Überzeugung, nur Kleinigkeiten verzehrt zu haben, überlegte er, wo er am nächsten Tag mal richtig essen gehen könnte.

Hundestrand

Hundestrand

"Paula, würdest du so freundlich sein und etwas Platz für mich im Strandkorb machen?"
"Paula, jetzt reicht es mir, raus!" "Wirst du wohl, Paula!" Die Stimme wurde immer lauter und energischer. Doch es hatte keinen Sinn, in diesem Strandkorb tat sich nichts.
Deshalb räumte eine erschöpfte Strandkorbbesitzerin das Feld. "Es ist fürchterlich", meinte meine Strandkorbnachbarin, "wenn Paula sich einmal breit gemacht hat, stellt sie sich einfach tot." "Darf ich mich einen Moment zu Ihnen setzen?" "Bitte, gern!" Bereitwillig rückte ich zur Seite. Und obwohl Paula einen absoluten Tiefschlaf vortäuschte, entging mir nicht, wie sie aus winzigen Augenritzen unser Treiben beobachtete. Vielleicht rührte sich doch in ihr ein bißchen schlechtes Gewissen ob ihrer Rücksichtslosigkeit.
Aber wir hatten uns getäuscht. Als sie feststellte, daß alle Unterbringungsprobleme gelöst waren, rekelte sie sich wohlig stöhnend und machte sich noch breiter, als sie schon war. Sie hatte gesiegt, und das reichte zu ihrer inneren Zufriedenheit. Wie ein plattgewalzter Pfannkuchen flegelte sie sich und füllte den gesamten Strandkorb aus. Als Zeichen absoluter Entspannung ließ sie ein Bein lässig den Sitz hinunterbaumeln.
Bei Paula handelte es sich nicht etwa um eine der schnuckeligen Strandnixen, die zu Hunderten am Strand umherflitzen. Nein, Paula war etwas ganz Besonders: Sie war eine kräftige, fast viereckige Bassethündin mit großen Augen, die stets eine Mi-

schung Gelassenheit, Traurigkeit und Erstaunen ausdrückten. Zudem aktivierte sie Körperaktionen nur, wenn sie wollte. Und meistens wollte sie nicht! Deshalb war es ein Unding, Paula einfach aus dem Strandkorb zu werfen. Sie würde wie ein nasser Sack in den Sand plumpsen.
Armes Frauchen!
Aber gute Nachbarschaft am Hundestrand ist selbstverständlich. Hier sind "Kommunikation, Hilfsbereitschaft" keine Fremdwörter und Themen wie Politik, Wirtschaftswachstum und Establishment passé. Puschkin, Sartre, Brutus, Agamemnon, Moritz, Julchen und Purzel sind hier der Mittelpunkt der geistigen Auseinandersetzung.
Ein lustiges Gewirre edler Rasse- und Mischmaschhunde, die friedlich miteinander spielen und tollen, während die Besitzer die tollsten Geschichten und Ereignisse aus dem Leben ihrer Lieblinge austauschen. "Stellen Sie sich vor, der Persische Windhund vom Strandkorb Nr. 2228 kann Haustüren öffnen und hat somit, auch schon ungebetene, Besucher ins Haus gelassen." Wogegen der Dapu (Dackelpudel) von 1436 niemanden an den Strandkorb läßt und Frauchens Sachen wie ein Tibetanischer Bärenreißer verteidigt. "Und haben Sie schon den traumhaften Cockerspaniel drüben gesehen? 'Dux vom Heroldshof', zweifacher Sieger beim.........!" Da ein markerschütternder Schrei!
Gellend, so hilflos erbärmlich, daß ein gesamter Strandabschnitt aus sonnendurchglühtem Schlummer aufschreckte. Alle schauten gebannt in die Richtung, aus der der unheilverheißende Ruf schallte. Selbst Paula lenkte ein Ohr ganz zart nach Süden. Was war geschehen?
Atos, ein grauweiß gezottelter Bobtail-Bernhardiner, war aus seinem Strandkorbschattenschlummer aufgewacht und hatte feststellen müssen, daß seine unmöglichen Herrschaften ihn heimtückisch am Strandkorb angebunden hatten und auf Sandzehenspitzen davongeschlichen waren, ohne ihn zu wekken. Nun saß er da, einsam mit einem großen, leeren Strandkorb und entlud seinen Unmut laut schreiend gen Himmel.

Sein Hals zog sich dabei merkwürdig in die Länge, und sein Schnäuzchen formte unaufhörlich ein "O" und ein "U": "Joohuuu, Joohuuu!"
Für Augenblicke hörten alle aufmerksam zu, wie Atos sauber die Tonleitern des Leids hinauf und herunter trällerte. Niemand konnte sagen, ob es sich bei diesem Konzert um Gesang oder Gejaul handelte. Zumindest führte es dazu, daß Julchen aus dem blauen Strandkorb als perfekte Sopranistin einsetzte und Puschkin, der kräftige, bullige Boxer, sich mit heiserem Baß dazugesellte. Als Tüpfelchen auf dem "i" jipperten die kleinen, hysterischen Dackel aus dem weißen Strandkorb ihr schrilles "Giff, Giff" obenauf.
Ein Konzert! Oder besser: "Opernnachmittag" am Strand. Das hatte dieses Stückchen Sand noch nie erlebt. Sicher wäre diese Vorstellung abendfüllend geworden, wenn nicht eine rührige Nachbarin zu dem armen, kleinen Atos gegangen wäre, um ihn hingebungsvoll in seinem Leid zu trösten. Erschöpft fiel das verlassene Hündchen in ihre Arme, und das Konzert war vorbei.
Eigentlich hätte nun rauschender Beifall in die Stille gepaßt. Aber das einzige, was rauschte, war das Meer. Dafür brach eine ungeahnte Betriebsamkeit aus. Von allen Seiten wurde Atos bedauert und getröstet, indem man bereitwillig übriggebliebene Schinkenstullen reichte. Die kleine alte Dame mit dem lustigen Pekinesen kramte ihre Kekse heraus. Von dem rundlichen Ehepaar mit dem Schnauzer wurde Wasser gebracht, dazu ein Stück Schokolade von dem vornehmen Afghanen und seinem Herrchen. Und viele andere Köstlichkeiten stellten sich ein.
Atos empfing all diese Gaben wie ein Strandkorbkönig. Um seinen Gästen zu zeigen, wie dankbar er für diese Aufmerksamkeiten war, schlappste er alles in sich hinein und ließ auch kein Krümelchen übrig.
Und gerade, als man sich gemeinsam über das unmögliche Verhalten der Hundeeltern aufregen wollte, erschienen die beiden Übeltäter auf der Bildfläche. Etwas erstaunt über die Menschen-

ansammlung, kamen sie dem Ort des Geschehens näher. Ehe jedoch ein Wort der Erklärung oder Vorwürfe fallen konnten, sauste Atos seinen liebsten Menschen wie ein wildgewordener Handfeger entgegen und ließ seine aufopfernden Betreuer in einer riesigen Sandfontäne verdutzt und paniert zurück.
Schmunzelnd pulte man den Sand aus Ohren und Augen und erbaute sich an der Freude und Anhänglichkeit und ersparte sich jeden Kommentar. Somit war wieder Ruhe in diese Siedlung eingekehrt und alles, was vier Beine hatte, spielte weiter vergnüglich herum.
Nur Paula, die Krönung der "Bassetrasse" und einst frechste "Strandkorbbesetzerin" unter der Sonne, saß enttäuscht im Sand und schaute ihr hinterhältiges Frauchen vorwurfsvoll von unten her an. Reingelegt! Richtig reingelegt hatte man sie! Paula war nämlich, obwohl hochgradig bequem, schrecklich neugierig. Und dieser übermäßige Wissensdurst hatte sie veranlaßt, den Korb zu verlassen. Allein um die wandernden Schinkenstullen und Schokoladenstückchen besser beobachten zu können, hatte sie sich auf den Burgwall gesetzt. Voller Neid hatte sie sich so stark auf das hektische Treiben mit all diesen Leckerbissen konzentriert, daß ihr die Machenschaften hinter ihrem Rücken vollkommen entgangen waren.
Frauchen jedenfalls nutzte diese Gelegenheit, und "schwupp" war Paula korblos. Ordentlich lang und breit streckte sich Frauchen aus, nicht ein Zentimeter Platz war mehr zu sehen. Keine winzige, winzigste Möglichkeit für die kleine, dicke Schlummerrolle? Paula setzte ihren treuesten Blick auf, stellte den Kopf ganz niedlich schief und wedelte zart mit ihrem Schwanz. Sie kratzte allen Charme zusammen, um diese, für sie miserable Lage, unbedingt abzuändern.
Vergeblich, Frauchen rührte sich nicht. Auch zeigte sie keine Absicht, die liebreizend flehenden Blicke zu beachten. Ärgerlich ließ Paula sich in den Sand fallen, schnaufte ein großes Loch in den Sand und gab sich ihrem Schicksal hin. Frauchen hatte jedoch alles gesehen, sich über Paulas Bemühungen köstlich amüsiert, und es dauert nicht lange, bis sie vom Mitleid

überwältigt wurde. "Komm, mein Paulchen", flötete das reuevolle Frauchen, "na komm, hopp, wir teilen uns den Platz!" Freudestrahlend und mit einer selten gezeigten Beweglichkeit nahm Paula dieses Angebot an und krabbelte in den Korb. Artig und bescheiden begnügte sie sich mit der kleineren Hälfte des Platzes.
Kurze Zeit später bot sich dem Betrachter ein Bild inniger Liebe und Kameradschaft, so eng und friedlich kuschelten sich Paula und Frauchen aneinander.

Abendgarderobe wird empfohlen

Abendgarderobe wird empfohlen!

So wie jedes Märchen durch Begriffe wie Geld, Samt und Seide erst zum "Wundersamen" erhoben wird, ist die Welt des Spielcasinos von jeher glanzumwoben gewesen.
Legenden des Reichtums, vor allem des schnellen Reichtums, lassen dieses Zauberreich der Möglichkeiten stets in prächtigem Licht erscheinen. Und die meist komfortablen Räumlichkeiten bedeuten eine Umgebung gehobener Atmosphäre, aus der gut gekleidete Menschen, als wichtige Substanz, nicht wegzudenken sind.
In Anbetracht dessen geht jedem Casinobesuch eine gründliche Durchforstung des Kleiderschrankes voraus. Bei dieser oft ratlosen Suche teilt sich die große Besucherschar in zwei Arten von Menschen auf: nämlich in die, die vom Smoking bis zum schlichten, reinseidenen Anzug alles haben und in die, die zwar viele Rollkragenpullover, aber nicht einmal einen Schlips besitzen. Wobei die Letztgenannten keine Seltenheit in unserem Jeans- und Turnschuhzeitalter sind.
Da ist guter Rat teuer. Teuer im wahrsten Sinne des Wortes, denn wer legt sich schon für nur einen Abend einen Anzug zu. Mancher Konfirmationsanzug hat deshalb bei dieser Gelegenheit noch einmal seinen großen, glanzvollen Auftritt erlebt.
Der Anblick eines schlecht sitzenden Sakkos, mit viel zu kurzen Ärmeln, ist somit keine Seltenheit. Egal wie es auch zwackt und klemmt. In dem Moment, wo so ein perfekt gekleideter

Mensch die Garderobenkontrolle mit "ausreichend" bestanden hat, gibt er sich staunend und mit bebendem Herzen dem Traum von den unbegrenzten Möglichkeiten hin.
Ungeduldig läßt er alle Formalitäten, wie Ausweiskontrolle und Kartenausstellung, über sich ergehen. Bereitwillig tauscht er seinen schwer ersparten "Hunderter für eventuelle Notfälle" in wertlose Plastiktaler ein. Und schnellen Schrittes eilt er zu den Tischen. Doch leider sind die Tische kaum zu sehen, derart eng werden sie von hektischen Menschen umlagert. Ihr Tun erinnert an gierige Möwenschwärme am Strand, die über die mitgebrachten Brötchen der Kurgäste herfallen.
Spannung und Konzentration zeichnet die sonnengebräunten Gesichter, und das Knistern und Vibrieren der Luft versetzt alle in einen Rausch gespannter Leidenschaft. Deshalb dauert es nicht lange, und das Zahlenfeld zieht auch diesen Neuling ganz in seinen magischen Bann. Zitternd und anfangs reichlich unsicher setzt er seine Chips, aber immer behender und entschlossener wird sein Spiel. Allerdings erweist sich die ungewohnte und viel zu enge Kleidung als absolut hinderlich bei der Verteilung der Chips auf dem grünen Filz, denn die Streckung der Arme ist erheblich eingeschränkt.
Doch die Leitung des Hauses hat eigens dafür Personal (Croupiers) zur Verfügung, das mit langen Stäben, mit Schippchen vorne dran (Rateau), für die ordentliche Plazierung der Einsätze sorgt. Ein zu enges Sakko ist also kein Problem für einen solchen Besuch.
Das Spiel erfordert einen ganzen Mann. Und bald wird der Schlips bei den hitzigen Temperaturen, die dieses Spiel erzeugt, zu einer rechten Plage. Denn den ganzen Tag meist nackt herumgehüpft und nun keusch bis oben zugeknöpft, da ist es kein Wunder, wenn der Schweiß in Strömen den Rücken hinunterrinnt. Zu allem Überfluß schränkt auch noch der viel zu enge Hosenbund die Atmung deutlich ein.
Aber da kann man schnell zur Selbsthilfe greifen, denn ein Sitzplatz direkt am Spieltisch ermöglicht, da die Tische sehr hoch angelegt sind, bei leichter Neigung auf das Spielfeld, leise

den Hosenbund zu öffnen. Allerdings ist peinlich darauf zu achten, daß vor dem Füllen der Hosentaschen mit den gewonnenen Chips dieser Hosenbund wieder geschlossen werden muß, da es sonst beim Entfernen vom Spieltisch zu einem Auftritt kommen könnte, der zur allgemeinen Belustigung beitragen würde. Wer sich allerdings mit dann vollen Taschen vom Tisch wegschleppte, konnte sich leicht auf die Seite der "Smokingbesitzer" schlagen.

Aber auch die Herren, die nicht einmal auf den hier viel besungenen alten Anzug zurückgreifen können, brauchen nicht gleich zu verzweifeln. Bietet doch der "Casino-eigene Herren-Ausstatter" Hilfe in der Not. Alte Schlipse, aus längst verblichener Kreation, und Sakkos, aus dem Kostümfundus der Stummfilmzeit, sind für eine geringe Gebühr sofort erhältlich.

Bei dem heutigen Modetrend zum "Lumpig-Saloppen" kann es dem Träger dieser Kollektion passieren, daß er hinter vorgehaltener Hand gefragt wird: "Wo lassen Sie arbeiten?", denn "antik" ist "in". Also, "man" hat's schon schwer. Frau kann da alles tragen, mit Ausnahme von Jeans ist vom kleinen Schwarzen bis zur ausgefallensten Robe alles erlaubt.

Zudem zaubert das Sylter Strandleben alle Frauen in einen bronzebraunen Hauch, und allein der reicht! Auf jeden Fall war es mal wieder ein schönes Gefühl, sich "gekleidet" zu haben, und wenn die Taschen auch anschließend nicht (mehr) ganz so voll waren, wird solch ein Abend im Tagebuch der Erinnerungen einen besonderen Aspekt beinhalten.

Burgherren und Burgbauern

Burgherren und Burgbauern

Eigentlich ist der Burgenbau, dabei handelt es sich um die niedlich kleinen oder mitunter ominösen Sandaufschüttungen rund um den Strandkorb, verboten. Doch er wird entlang der ganzen Westküste mit vollem Einsatz betrieben und gilt als beliebte Art der Arbeitstherapie gegen aufgeputschte, streßzerfressene Nerven, die sich einfach nicht in ein ruhiges Strandkorbleben einfügen wollen.

Wahre Kunstwerke lassen sich da bewundern, und alles, was an Kreativität in manchen Menschen schlummert, wird frei. Muscheln, Steine, kleine Stöckchen und getrocknete Seesterne sind willkommenes Dekorationsmaterial. Kunstvoll werden Herzen aus kleinen Steinen, Muscheln aus Muscheln, Seesterne aus Seesternen, Namen, Grüße und manchmal auch das heimatliche Wappen (Wanne-Eickel oder Würzburg) auf den sorgsam aufgeschütteten und geduldig festgeklopften Wall gezaubert. Eine liebevoll ausgestaltete Anlage läßt jeden Strandkorbnachbarn vor Neid erblassen. Und gerade dieser Neid ist oft die Kraft, die viele veranlaßt, am stets herrschenden Wettbewerb unserer Gesellschaft auch im Urlaub teilzuhaben.

Da mausert sich Burg für Burg zum Kunstwerk und verwandelt das sandige Einerlei der Natur in ein buntes "Strandgartenidyll". So ausgestattet, erfreut man einander, und aufmerksam pult der Burgherr täglich an seinem Produkt herum und sorgt mit morgendlichen Wassergüssen und täglichen kleinen

Reparaturen dafür, daß alles gut erhalten bleibt. Außerdem herrscht Ordnung; jeder Strandläufer oder Strandkorbbesucher wird sich hüten, vom angelegten Weg zwischen den Burgen abzukommen. Und überhaupt hat eine jede Burg ihren offiziellen Eingang, eventuelles Eintreten über den geliebten Wall kann ärgerliche Folgen haben, und leider gibt es eine Menge sogenannter "Burgbauern" ohne Respekt.
Unbeschwert latscht diese Gattung Mensch querbeet und veranlaßt einen jeden sonst friedlichen Burgherren, wie ein abgerichteter Hofhund aus dem Strandkorb zu springen. Bei diesen "Burgbauern" handelt es sich meist um erfolglose Schaufler, die vielleicht in der ersten Strandeuphorie mit einer leichten Aufschüttung angefangen hatten, dann aber lieber sich in die Fluten stürzten oder stundenlang Volleyball spielten.
Sie fristen dann mit einem kümmerlich umgepflügten Stück Land, das mehr einer Burgruine gleicht, ein ödes Dasein, liegen faul im Strandkorb herum, währenddessen der Sand sorglos in sich zusammenrieselt. Bedauernswert dieser Mensch, denn in edler Runde der Burgherren gilt er glatt als heimatlos und ohne Möglichkeit der Beschäftigung!
Ja, selbst bei eventuell auftretenden Sturmfluten fehlt ihm total der Grund für jegliche Aufregung. Während jeder ordentliche Burgherr wie ein aufgeregtes Suppenhuhn gegen die am Bau nagenden Fluten kämpft, tritt ein träger "Burgbauer" lachend dem tobenden Meer entgegen.
Sollten die kühlen Wasser irgendwann seine Füße benetzen, sammelt er einfach seine Habseligkeiten seelenruhig ein und zieht von dannen: Wer nicht viel hat, kann nicht viel verlieren. Und noch etwas ist zu bemerken, wie es noch die letzten Paradiese für Fauna und Flora gibt, so bedeutet der Bereich der Strandburgen ein letztes Paradies für die herkömmliche Art der Rollenverteilung der Geschlechter. Emanzipierung ist hier ein Fremdwort, hier ist der Mann noch Mann. Denn während Vater im Schweiße seines Angesichts die Familie mit einem ordentlichen Wall vor den Feindlichkei-

ten der Umwelt schützt, füttert Mutter die Kleinen ab und hütet sorglich den Korb.
Folglich ist hier die Welt noch in Ordnung.

Die wundersame Rettung

Die wundersame Rettung

Ute, die sich ja einen total einsamen Urlaub vorgenommen hatte, lernte eines Tages einen blauen Pullover kennen. Das heißt, plötzlich stand dieser nette Mensch neben ihr im Sand, und alles, woran sie sich erinnern konnte, war, daß er einen blauen Pullover anhatte und ihr alle Einzelheiten des Wetter berichts, die sie überhaupt nicht interessierten, mitteilte.
Ihr volles Augenmerk war gerade darauf ausgerichtet, ihre vertrockneten Brotreste gleichmäßig unter einen Schwarm Möwen zu verteilen.
Als sie jedoch interessante ornithologische Ausführungen über das Liebesleben und die Balzgewohnheiten der Tölpel und Lummen mit einem trockenen: "Ach, was!?" kommentierte, wurde es diesem Herrn zu bunt.
"Darf ich mich vorstellen, Kuddel Lerpe, ich möchte Sie gern zu einem Ausflug ums Rantumer Becken einladen!" Ute warf einen ersten Blick auf diesen Kenner der Vogelwelt. "Gar nicht so übel!" dachte sie, und am Rantumer Becken war sie noch nicht gewesen, für den Strandkorb war es heute eh zu kalt. Aber warum gerade das Rantumer Becken?
Warum nicht?
"Na gut", meinte Ute, und schon ging die Reise los. Auf der Autofahrt bis zum Klärwerk, denn das sollte der Ausgangspunkt der Umrundung werden, brauchte Ute nur ab und zu durch kleine Einflechtungen, wie: "Das habe ich noch nicht gewußt" und "Was es alles gibt", ihre Anwesenheit zu bestäti-

gen, denn Herr Lerpe steigerte sich immer mehr in seiner Berichterstattung.
Das war durchaus nicht langweilig, was er da zu erzählen hatte, denn die Eigenarten einer Rohrdommel waren ihr bis heute unbekannt gewesen. Auch während des Marsches ging diesem Bewunderer der Vogelwelt der Stoff nicht aus. Ute wäre auch weiterhin artig zuhörend nebenhergetrabt, wenn ihre rechte Socke nicht heimtückisch unter ihren Fuß gerutscht wäre und sich darunter zusammengekringelt hätte. Leicht humpelnd bat sie, einen Augenblick stehenzubleiben, um alles wieder in Ordnung zu bringen. "Das ist eine gute Idee, da machen wir gleich eine richtige Pause", meinte Herr Lerpe.
So suchten sie sich ein gemütliches Plätzchen mit Blick über das Rantumer Becken. Und als Ute ihre Socke gerichtet hatte, zog Herr Lerpe als Überraschung zwei dickbelegte Frühstücksbrötchen aus der Tasche. Hungrig und glücklich über so viel Aufmerksamkeit griff Ute freudestrahlend zu.
Dieser Herr Lerpe wurde ihr langsam immer sympathischer, und wenn sie es recht überlegte, war dies nicht allein auf die mitgebrachten Brötchen zurückzuführen. Eins mit sich und der Welt, eine nette Bekanntschaft gemacht zu haben, genoß sie den Augenblick und schaute sich friedlich kauend um.
Herrliche Landschaft! Diese Ruhe, denn auch Herr Lerpe hatte seinen wissenschaftlichen Vortrag unterbrochen und sich voll auf sein Brötchen konzentriert, nur hier und da flog ein Vogel auf. Malerische Fischreusen säumten das Ufer, und in einer zappelte sogar ein Fisch!
Ein Fisch? Das war kein Fisch, Ute konnte aber nicht erkennen, was das war. "Da ist etwas in dem Netz!" deutete sie mit einem leicht bekrümelten Zeigefinger in die entsprechende Richtung. "Wo?" "Na da, ganz rechts!" "Ich seh' nichts!" Herr Lerpe war anscheinend etwas kurzsichtig. "Doch! Sie müssen ganz genau hinsehen." "Ach da, ja, tatsächlich! – Wissen Sie was, das ist eine Ente!" "Richtig, eine Ente. Stellen Sie sich nur vor, wenn die Flut steigt, muß das arme Tier ertrinken." "Entsetzlich!" "Was sollen wir machen?" "Vielleicht jemand mit einem Boot

holen und das Tier befreien!" schlug Herr Lerpe vor. "Ich sehe aber weit und breit kein Boot."
Die Ente schwamm ganz ruhig im hintersten Teil der Fischreuse. Herr Lerpe suchte verzweifelt nach einer Lösung des Problems, denn sie konnten schlecht aufstehen, weitergehen und dieses arme Tier seinem Schicksal überlassen. Das war unmöglich.
Es gab nur eine Möglichkeit, allerdings war sie sehr kalt für den, der sie ausführen sollte. Es mußte jemand in das Wasser gehen und das Tier befreien. Und da sonst kein "Jemand", außer Herrn Lerpe, vorhanden war, mußte er die Tat ausführen. Es gab keine andere Lösung: "Gut, ich gehe ins Wasser!"
Zögernd begann Herr Lerpe, sich auszuziehen. Einerseits war Ute auf ihren Helden ganz stolz, andererseits bekam sie beim Anblick des dunklen, kalten Wassers große Angst um diesen sympathischen Menschen, den sie gerade erst gefunden hatte. Sollte das Schicksal so gemein sein und ihn bei der Rettung einer kleinen Ente vor ihren Augen in den Fluten umkommen lassen?
Zudem hatte Ute das Gefühl, daß ausgerechnet in diesem Augenblick der Wind noch kühler blies als vorher. Es schüttelte sie vor Kälte, obwohl sie, dick eingepackt, am Rand saß und ein Kleidungstück nach dem anderen in Empfang nahm.
Bis auf die Unterhose hatte Herr Lerpe alles ausgezogen, eine hübsche Unterhose – weißgrundig mit türkisfarbenem Muster. Jetzt galt es, eine schwerwiegende Entscheidung zu treffen, denn, wenn die Hose anblieb, war sie bald naß, und Herr Lerpe müßte ohne Unterhose weitergehen, das war bei dieser Kälte keine nette Aussicht. Andererseits befanden sie sich ja hier auf Sylt, und auf der Insel der Nackten brauchte man ja wirklich nicht zimperlich zu sein.
Also Hose aus! Aber Herr Lerpe genierte sich zu sehr. "Ich laß die Hose lieber an, dann laufen wir nachher etwas schneller, so wird mir schon wieder warm!" Ute umklammerte ängstlich die ihr anvertrauten Kleidungsstücke.
Schritt für Schritt watete er durch die eisigen Fluten, über glit-

schige Steine und durch zähen Schlamm. Jeden Augenblick würde es tiefer und tiefer werden, und bald würde er den entsetzlichen Fluten ausgeliefert sein. Doch Schritt um Schritt verging und nichts passierte, dieses Wasser blieb flach.
Da stand er, der Held, halbnackt, in seiner strahlenden, türkisweißen Unterhose, im knöcheltiefen Wasser und leitete die "Rettungsaktion Ente" ein. Mit sehr viel Geduld schleuste er das Tier von Reusenkammer zu Reusenkammer. Die Ente wehrte sich erst fürchterlich, aber dann merkte sie, daß dieser liebe Halbnackte ihr nur helfen wollte. Ein dramatischer Akt, doch dann war es geschafft, der Vogel flatterte ängstlich, das Weite suchend, davon.
Herr Lerpe watete wieder zurück. Glücklich schloß Ute ihren trocken gebliebenen Entenhelden in die Arme. Sie freuten sich wie die Kinder. Für Augenblicke konnten sie das Glück der Ente nachempfinden, dem Tod so nah und nun dem Leben wiedergeschenkt, das mußte selbst für eine Ente ein herrliches Gefühl sein.
Leicht fröstelnd stieg Herr Lerpe wieder in seine Kleidungsstücke. Stolz setzten sie ihren Weg fort und wurden sich beide einig: "Das mußte gefeiert werden!" "Darf ich Sie zu diesem Anlaß zum Essen einladen?" Bereitwillig und freudig nahm Ute diese Einladung an, denn welch größeres Glück konnte ihr heute widerfahren, als vom größten Retter aller Enten und Erpel eingeladen zu werden? So dauerte es nicht lange, und sie saßen in einem gemütlichen Restaurant.
Die Wärme und Schönheit der Räumlichkeiten nahm sie sehr bald gefangen, ließ alle Unbilden und gefährlichen Erlebnisse in den Hintergrund rücken. Lustig plaudernd und sich gegenseitig Empfehlungen aussprechend, studierten sie eifrig die Speisenkarte. Aber für nichts konnten sie sich richtig entschließen. Der Ober hatte ihre Schwierigkeiten bemerkt und gesellte sich in die Nähe ihres Tisches, wobei er diskret hüstelnd auf sich aufmerksam machte. "Falls die Herrschaften Schwierigkeiten haben", leitete er vorsichtig ein, "könnte ich vielleicht behilflich sein!" Ute und Herr Lerpe waren einver-

standen, denn sie konnten sich wirklich nicht entscheiden. "Wissen Sie, wir hatten heute eine geschlossene Gesellschaft mit großem Mittagessen, und ich glaube, da sind einige Portionen übrig geblieben. Es ist mal etwas ganz anderes und steht auch nicht auf der Karte, wird Sie aber sicherlich voll zufriedenstellen", meinte er mit einer geheimnisvollen Vertraulichkeit. Nun wenn sie recht überlegten, hätten sie nichts dagegen, an diesem Festmahl teilzunehmen.

"Ja, bringen Sie uns das", meinte Herr Lerpe zu diesem Angebot. "Sie werden sehen, daß Sie richtig entschieden haben", meinte der Ober hocherfreut und glücklich über so viel Vertrauen, "nur eine Frage noch, wünschen die Herrschaften jeder eine halbe oder eine ganze Ente?" "Was?" schrien Ute und Herr Lerpe.

Der Ober sprang vor Schreck einen Schritt zurück und schaute die beiden fassungslos an. "Um Gottes willen, alles, aber nur keine Ente! Seien Sie uns bitte nicht böse, bringen Sie uns ein Steak mit gemischtem Salat!"

Herr Lerpe hatte seine Fassung wieder und auch Ute hatte sich beruhigt, nur der Ober zog wie ein begossener Pudel ab, er konnte sich den plötzlichen Stimmungswandel nicht erklären. Wie sollte er auch, er kannte ja nicht die Geschichte der wundersamen Rettung.

Deshalb beschlossen sie, den armen verstörten Menschen darüber aufzuklären. Auf jeden Fall mußten sie schrecklich über all diese Entenerlebnisse lachen, und je mehr Wein ihre Phantasie beflügelte, um so lustiger wurden ihre Erinnerungen daran.

Sturm und Stille

Sturm und Stille

Viele Tage hintereinander Sonnenschein und Wärme erscheinen wie ein Geschenk des Himmels, bedeuten sie doch: Morgens zum Strand, tagsüber im Strandkorb lümmeln, abends abgekämpft nach Hause, essen und nachts... Kurz, ein Urlaub, wie er in keinem Prospekt besser beschrieben werden könnte.
Da soll es aber Leute geben, die nach gerade erst zehn Tagen dieses Müßiggangs verstohlene Blicke zum Himmel werfen und schauen, ob sich nicht irgendwo endlich ein Wölkchen zeigt.
In den Augen der Riesenschar Sonnenanbeter ein unverständlicher Wunsch, und jemand, der diese Wolkengedanken laut aussprechen würde, wäre seines Lebens nicht mehr sicher.
Doch dann ist es soweit, kleine, weiße Wolkenberge schieben sich kaum merklich übereinander, eine leichte Brise treibt spielerisch die bisher friedlich schwappende Ostwindbrandung etwas höher, und spätestens gegen Abend geht es los. Sylter Sturm!
Am nächsten Morgen bietet sich dem Sturmhungrigen ein herrlicher Anblick: Aufgewühlte Brandungswellen, die vom Wind gepeitscht auf den Strand zurollen und in gigantischen Wasserfontänen Sandburgen und manchmal auch Strandkörbe unter sich begraben.
Für echte Windliebhaber scheint die Stunde gekommen. Fröhlich werden die mitgebrachten Gummistiefel und der Friesen-

nerz ausgepackt, hinein geht es in den Kampf mit den Naturgewalten. Kapuze auf und die Hände tief in den Taschen, stemmen sie sich mutig gegen die Kraft des Windes und stapfen den Strand entlang. Nur unter großen Mühen kommen sie vorwärts, und diese ungewohnte Anstrengung treibt gewaltig den Schweiß auf die windumwobene Kurgaststirn. Und wehe, Mütze oder Schal sind nicht fest verzurrt, so werden sie auf Nimmerwiedersehen, wie hilflose Blätter im Herbst, davongetragen. Wer jedoch abgehärtet ohne Mütze läuft, kann seine Frisur vergessen, dem wehen die Haare nach hinten, zu einer windschlüpfrigen Ondulation.

Kurz, bei diesem Wetter ist strubbelig "in" und für Toupetträger eine ungünstige Wetterlage. Ganz anders gestaltet sich die Lage, wenn der Spazier- beziehungsweise Sturmgänger in Windrichtung geht. Gemütlich, wie in einem Ohrensessel, legt er sich in den Wind und läßt sich gemütlich aufs Ziel zuschieben. Durchgepustet, abgestrampelt und erschöpft strebt ein jeder dankbar dem nächstbesten Lokal entgegen, nach Möglichkeit mit Blick aufs Meer.

Welch ein wohliges Gefühl der Gemütlichkeit begegnet dem artigen Kämpfer in dem Augenblick, wo ihn plötzlich Wärme und Stille umgeben. Eine kleine Kerze auf dem Tisch und eine heiße, dampfende Sylter Welle steigern diesen Eindruck immens. Stundenlang wird dann geplaudert und gequasselt, und manche Geschichte gerät dabei in leicht märchenhafte Regionen. In so anheimelnder Stimmung wird das nicht mehr so genau angenommen.

Auf jeden Fall trägt man das Gefühl in sich, den Körper einmal wieder richtig gefordert zu haben. So sitzt und hockt man und möchte am liebsten gar nicht wieder aufstehen. Und wenn es nicht bei einer Sylter Welle geblieben ist, fällt das auch sichtlich schwer, zudem erzeugt der Gedanke, erneut den müden Körper durch den Wind zu schleppen, ein leichtes Frösteln. Spätestens hier teilt sich die Gruppe der Sturmliebhaber: Die Genießer rufen ein Taxi, und die Unverbesserlichen gehen wagemutig zu Fuß.

Aber wehe der Sturm hält an und fegt tagelang ums Haus, da schrumpft die Gilde der "Stürmischen" zu einem kläglichen Häufchen, und alles spricht nur vom schlechten Wetter und liebäugelt damit, den nächsten Urlaub doch auf einer Südseeinsel zu buchen.

Die Prominenten

Die Prominenten

Nicht zuletzt ist diese Insel auch deshalb so interessant, weil viele "Prominente" auf die Insel geflogen und gejettet kommen.
Was liest man da nicht alles in den herkömmlichen Gazetten von heißen Festen und schnuckeligen Feten mit schönen Frauen, gekrönt von ganzen Prominentenscharen. Die Insel scheint überfüllt von ihnen, daß man sich fragt, wo denn eigentlich noch Platz für die "Normalsterblichen" ist.
Aber trotz dieser Prominentenüberflutung bleibt für viele dies alles nur eine imaginäre Welt. Auch ich gehöre scheinbar zu den "vielen", denn wie oft schon hat ein bekannter und berüchtigter Playboy Tage und Wochen die Insel gekreuzt und gequert, doch mir war nur ein Blick auf sein Motorrad vergönnt, das an einer Kampener, noblen Kampener Straßenecke parkte. Und bei einem Spaziergang an Buhne 16 kam ich natürlich auch zu spät, denn die wilde Strandfete mit Bobby, dem großen Schlagersänger, war gerade vorbei. Ich konnte nur noch zärtlich den Pappbecher, aus dem der strahlende Bobby seinen Schampus geschlürft hatte, in den Händen halten.
Oder, als ich mich einmal auf einen gerade freigewordenen Platz im Café Orth setzte – einen gemütlich vorgewärmten Stuhl –, erzählte mir meine Tischnachbarin aufgeregt hinter vorgehaltener Hand, daß noch vor wenigen Minuten der Innenminister an diesem Tisch und eben auf diesem, meinem Stuhl gesessen und heiße Schokolade getrunken hätte. Ich

konnte es kaum fassen und nahm Haltung an. Aufmerksam betrachtete ich Stuhl und Tisch, in der Hoffnung, noch irgendeinen Fussel oder Krümel von dieser hohen Persönlichkeit zu erhaschen. Nichts dergleichen war zu entdecken.
Von dem Schauspieler, der meine jugendlichen Träume füllte und für den ich heute noch eine Schwäche habe, waren mir nur die Fußspuren im heißen Sylter Sand gegönnt. Von einem ganz populären Komiker, bei dem ich mich vor dem Fernseher kringeln könnte, wenn ich ihn sehe und höre, habe ich nur noch das leergetrunkene Glas vor mir auf der Theke erwischt. Der Wirt tröstete mich: "Er kommt gleich wieder", lächelte er vielsagend, "denn auch Prominente müssen mal!" Scheinbar hatte er gute Freunde auf diesem "Örtchen" getroffen, er kam nie mehr zurück und blieb verschwunden.
Eines Tages jedoch hatte ich großes Glück, denn ich wurde zu einem zauberhaften Essen in eines der bekanntesten Fischrestaurants eingeladen. Nicht genug der Glückseligkeit, wurde dieses Ereignis von der Tatsache gekrönt, daß der Nachbartisch, übrigens ein Tisch für sieben Personen, für den bekanntesten Showmaster Europas und seine Crew, alles berühmte Leute aus dem Showgeschäft, reserviert wurde. Das ganze Lokal schien zu flirren und zu glimmen. Die Servietten auf dem Tisch gaben ihr strahlendstes Weiß, die Gläser glänzten wie schönstes Kristall, und die Ober flatterten wie aufgeregte Schmetterlinge durch die Gänge des Lokals. Ein stetes Flüstern und Raunen erfüllte die Luft. Alle, nicht nur ich, waren gespannt und voll freudiger Erwartung, denn, war das nicht eine schöne Aussicht, mit so vielen Größen am Nachbartisch zu speisen? Die Bestellung: "Einmal Steinbeißer mit feinen Gemüsen", hätte ich am liebsten gesungen. Der Sherry, den man mir servierte, zauberte Glanz in meine Augen und ließ meine Wangen leicht erröten. Ein perfekteres Make up konnte ich mir nicht wünschen.
Nun konnte der große Augenblick im wahrsten Sinne des Wortes eintreten. Doch, Größe läßt bekanntlich auf sich warten.
"Ihr Steinbeißer, Madam", trällerte der Ober dienstbeflissen

und setzte mir mit einer fast tänzerischen Bewegung meinen Teller vor die Nase. Er war ganz stolz, daß er so prompt und schnell servieren konnte. Normalerweise hätte ich mich auch voller Freude auf diese Köstlichkeit gestürzt, aber ich konnte vor Aufregung kaum essen. Ganz langsam stippte ich Portiönchen für Portiönchen in mich hinein. Für mein Gefühl war dies auch strategisch nicht verkehrt, denn solange ich aß, konnte man mir den Platz am begehrten Nachbartisch nicht streitig machen. Die Wartezeit zog sich schier endlos hin. So langsam hatte ich noch nie in meinem Leben gegessen, und wenn ich ganz ehrlich sein sollte, war der Fisch und alles andere schon eiskalt.

Meine Eßweise dokumentierte eindeutig eine totale Appetitlosigkeit, und trotzdem bestellte ich mir mit der Übereifrigkeit eines Nimmersatts noch eine riesengroße "Rote Grütze" mit einer doppelten Sahneportion. Allein der Gedanke daran, dies

auch noch essen zu müssen, drehte mir den Magen schon um. Aber was tut man nicht alles für die Prominenz.
Fast eine Stunde "Dauermümmeln" war sicher eine Glanzleistung, aber nicht einmal für den Kaiser von China hätte ich auch nur noch einen einzigen Bissen hinuntergebracht. Deshalb hielt ich mich an den Wein und war inzwischen beim fünften Glas angelangt. Die Servietten dämmerten müde, in zartem Grau, vor sich hin, die Gläser wurden stumpf, und die Schmetterlingsober ließen leicht ermüdet die Flügel hängen.
Die für den Empfang bereits entzündete Kerze flackerte hilflos noch ein paarmal auf, ertränkte dann ihren Docht im flüssigen Wachs und verlöschte. Die Konturen meines Gegenübers wurden recht verschwommen, meine Zunge immer schwerer, und die diesbezüglichen Artikulationsschwierigkeiten ließen jedes Gespräch versanden. Deshalb schlug ich vor zu gehen. Mit leicht wackeligen Beinen strebte ich dem Ausgang zu, jedoch konnte ich mir einen wehmütigen Blick zurück zu dem vermeintlichen Tisch nicht verkneifen. So war das nun mal, mir war es, wie "vielen", einfach nicht vergönnt.
Ich gab dieses Thema für alle Zeiten auf. Als eines Tages neben mir auf einer Bank der Westerländer Promenade ein netter, älterer Herr mit unrasiertem Gesicht, legerem Pullover und Jeans saß und mit mir über die Weite des Meeres philosophierte, wäre ich nie auf die Idee gekommen, daß ich mit einem weltbekannten, großen Komponisten und Dirigenten einen angenehmen Nachmittag verbracht hatte. Und wie seltsam, ich war nicht aufgeregt und nicht verwirrt, denn er war nur ein Mensch, der sich, genau wie ich, von Strand und Meer überwältigt fühlte.

Kuscheln auch die Muscheln?

Kuscheln auch die Muscheln?

Tausendmal sind wir schon am Strand entlang marschiert und Tausende von Muscheln sind unter meinen Schritten in tausend Scherben zersplittert. Gedankenlos!
Denn wenn man sich die kleinen Kunstwerke aus Kalk (Muschelkalk) ansieht und die pastellene Farbenpracht bewundert, ist dies doch, wenn auch alltäglich, eine Hochleistung der Natur. Und heute hatte das Meer wohl Muscheltag, denn der gesamte Strand von Hörnum bis List war mit Muscheln übersät.
"Mami?" "Ja!" "Mami, wo kommen die Muscheln eigentlich her?" "Na, aus dem Meer!" "Ja, das weiß ich auch, aber wo kommen sie denn her, bevor sie in das Meer kommen?" "Aber Kind, die sind doch immer im Meer. Sie vermehren sich auch im Meer!" "Und wie vermehren die sich im Meer?" "Tja, wie vermehren sie sich im Meer, sie vermehren sich im Meer und werden immer mehr." "Und wie werden sie immer mehr?" "Tja, sie... sie..., meine Güte, das weiß ich auch nicht." Ich war überfragt, und diese Tatsache hatte mich veranlaßt, auf die Westerländer Promenade zu gehen und einige Leute zu befragen: "Können Sie mir sagen, wie sich Muscheln vermehren?"
"Muscheln? Ha, ha, weiß ich nicht." – "Wie vermehren sich Muscheln? Wollen Sie mich veräppeln, heute ist doch nicht der 1. April. Vielleicht fragen Sie mich noch, ob Muscheln kuscheln, ha, ha, ha." – "Muscheln, ha." – "Überm Wasser tun sie es nicht, unterm Wasser sieht man es nicht." –

Es dauerte nicht lange, und eine aufgeregte Gruppe stand ernsthaft diskutierend und gestikulierend auf Westerlands Promenade. Mehr und mehr Leute fanden sich zusammen. "Was ist denn hier los?", trieb es so manchen Neugierigen zu der kleinen Menschenansammlung. "Die wollen wissen, wie sich Muscheln vermehren!" "Ach so!" "Wissen Sie denn, wie die sich vermehren?" "Nee!" "Es könnte ja sein", dozierte ein dicklicher Herr im grünen Lodenmantel, "daß diese Muscheln geschlechtslos sind." "Na, ich weiß nicht", meinte eine kleine, dünne Dame, "könnte doch sein, daß die Eier legen oder...!"
Die wortreiche Diskussion war in vollem Gange, aber ich wand mich leise und unbemerkt aus diesem Menschenpulk und schlich von dem selbst angefachten Feuer weg. Ich lief zur Bibliothek und schaute in der Abteilung Biologie unter Muscheln nach.
Muscheln: (zu lat. musculus) "Mäuschen", seit dem Kambrium bekannte, heute mit rund 8000 Arten in Meeres- und Süßgewässern verbreitete Klasse der Weichtiere: Körper zweiseitig symmetrisch, meist mit muskulösem Fuß, von zweiklappiger Kalkschale umgeben... Die Befruchtung der meist getrenntgeschlechtlichen Muscheln erfolgt entweder außerhalb (Eier und Spermien werden ins Wasser ausgestoßen) oder innerhalb der Tiere (Spermien werden von den Weibchen mit dem Atemwasser eingestrudelt).
Endlich hatte ich des Rätsels Lösung. Freudestrahlend lief ich nach Hause, um meiner Tochter überglücklich diese frohe Botschaft mitzuteilen.
"Michaela, Michaela, hör doch nur, also Muscheln vermehren sich..." "Mami, tu mir einen Gefallen und stör mich nicht, ich sehe gerade Tom und Jerry, und eigentlich ist mir das mit den Muscheln völlig egal."

Sonnenuntergang

Sonnenuntergang

Was ist schon ein Sonnenuntergang? Auf der ganzen Welt geht täglich die Sonne morgens auf und abends unter. Kaum jemand zeigt Interesse für diesen, ach alltäglichen Vorgang.

Doch was für ein großes Ereignis ist dieser Augenblick des Tages bei einem Inselurlaub, und das ganz besonders auf Sylt. Der Sonnenuntergang am Strand ist einfach ein Punkt der Tagesordnung, der bei günstiger Witterungslage stets absolviert werden muß.

Da sieht man frisch angekommene Urlauber, noch mit dem Koffer in der Hand, in Richtung Meer hetzen und verklärten Blickes über Meer und Wellen schauen. Alles Glück, das dieser Urlaub bringen soll, wird beim Anblick der güldenen Pracht in ein Licht gleißender Schönheit getaucht und läßt alle Wünsche und Träume im Betrachter anklingen in der Hoffnung, erfüllt zu werden.

Selbst total erschöpfte Strandratten stehen eiligst vom Abendbrottisch auf, um nach vollbrachter Kurgastpflicht, frisch gebügelt und vom Sand gereinigt, noch zum Strand zu laufen. Schwärmend, staunend stehen alle mit dem Blick ehrfurchtsvoll gen Westen, um diesen einmaligen Anblick zu genießen und in ihm zu baden.

Zu einem ganz besonderen Leckerbissen wird dieses Schauspiel der Farben, wenn man sich eigens zu dieser Stunde auf die Westerländer Strandpromenade begibt und sich mit zauber-

haften Klängen des täglichen Strandkonzerts in weite Horizonte tragen läßt.
Sonnenuntergang! Bis zum allerletzten Scheinchen wird das Wunder ausgekostet, und erst, wenn nur noch ein zarter, rosiger Streifen die gute, alte Sonne hinter dem Abenddunst erahnen läßt, kann man sich von jenem herrlichen Anblick trennen. Mit einem Gefühl der Befriedigung, dieses Ereignis nicht verpaßt zu haben, kehrt man in die Pension zurück. Alle armen Faulenzer, die ihre müden, strandgeplagten Füße nicht mehr überreden konnten, werden dann mit einer ausgiebigen Schilderung der Erlebnisse nachträglich reichlich versorgt. "Also, da haben Sie wirklich etwas verpaßt", diesen Satz muß sich allerdings ein Zurückgebliebener als kleine Spitze dazu gefallen lassen. Aber auch für solche Menschen ist gesorgt, denn keine Strandfee, keine noch so schöne Möwe und kein Stiel Strandhafer sind je dermaßen oft fotografiert worden wie ein Sonnenuntergang. Ein reichhaltiges Postkartenangebot aus allen möglichen und interessanten Perspektiven läßt alle Sonnenanbeterherzen höher schlagen.
Dünengras im Vordergrund, mit einem orangeleuchtenden Feuerball in gelbem Himmel, graublaues Meerespanorama mit großem, rotem Punkt und schwarzbraune Silhouetten (Menschen, Dünen oder Promenadengeländer) in weißgleißendem Gegenlicht, das dem Wasser einen geheimnisvollen, metallenen Schimmer gibt, wechseln einander ab. Ein zauberhaftes Motiv jagt das andere und verrät, daß dieser Anblick "Sonnenuntergang" der Fotografie über Jahrzehnte stets eine unerschöpfliche Quelle geboten hat.
Doch, wie künstlerisch das Foto sicher angelegt wurde, und wie brillant die Technik dieser Branche auch zur Geltung kommt, daß man es von einem Gemälde kaum unterscheiden kann, eines können diese Zeugnisse der Urlaubsfreuden, die zahlreich mit nach Hause genommen werden, nicht wiedergeben: den Augenblick des Erlebens. Sie können nicht die Gedanken übermitteln, die den Betrachter im Augenblick überwältigender Schönheit durchfluten, und sie vermitteln auch nicht das

wunderbare Gefühl, wenn die Abendbrise die sonnendurchglühte Haut umfächelt – auch nicht den Schmerz und die Traurigkeit, wenn solch ein Sonnenuntergang den letzten Urlaubstag beschließt und die Angst vor dem unausweichlichen Alltagsstreß die Seele bedrückt.

Der einzige Trost bleibt meist, daß trotz Umweltverkümmerung die Sonne im nächsten Jahr wohl doch noch am Himmel steht und die gleiche Pracht entwickeln und zeigen kann, um alle aufs neue zu begeistern.

Schwerer Abschied

Schwerer Abschied

Stahlblauer Himmel und strahlender Sonnenschein gestalteten diesen Morgen zu einem Sommermorgen wie aus dem Bilderbuch. Antje Ebert hatte ihren lang ersehnten Jahresurlaub hinter sich, die Zeit war so schnell vergangen, daß sie es kaum fassen konnte.
Alles vorbei, passiert, verdeutlichten ihre gut verpackten und fest verschlossenen Koffer und Taschenbündel diese Tatsache aufs Unerbittlichste. Weshalb ging gerade Urlaubszeit so blitzschnell herum? Antjes gesamter Elan, der sie die ganze Zeit schweben ließ, hatte sie verlassen, und das Gefühl, in ein tiefes Loch des Alltags zurückgefallen zu sein, wurde immer stärker in ihr.
Es klopfte: "Guten Morgen, Fräulein Ebert, ich will Sie ja nicht hetzen und möchte auch nicht den Eindruck erwecken, als wollte ich Sie rauswerfen, aber ich muß langsam mit der Reinigung des Zimmers beginnen. Setzen Sie sich ruhig in den Aufenthaltsraum, ich mach gern noch eine Tasse Kaffee. Kommen Sie, ich helfe Ihnen gleich, die Koffer hinunterzutragen."
Frau Andresen bemühte sich wirklich rührend um sie, doch umsonst, für Antje gab es keinen Trost, der Schmerz über den Abschied von der Insel brannte zu sehr in ihrem Herzen.
Deshalb ging sie noch einmal bis an den Rand der Dünen, um "Auf Wiedersehen" zu sagen. Nur noch einmal das Meer sehen, noch einmal die Brandung hören, noch einmal das Salz auf den Lippen schmecken.

Ganze Völkerscharen in Jeans und kurzen Hosen, mit Gummibällen, Luftmatratzen und immensen Verpflegungstaschen bewaffnet, stolperten und schubsten an ihr vorbei. Das Strandfieber trieb sie alle voran und betrachteten sie, eine bereits stadtfeine Gestalt, als störendes Element. Und wirklich fühlte sie sich in ihrem sogenannten Reisekleid als fehl am Platz und neidvoller Zaungucker, der nicht mehr dazugehörte.
Alle diese lustig verkleideten und lachenden Menschen müßte sie ab morgen vergessen. Dafür würden sie ihre reizenden Chefs, Herr Altmann, Herr Dr. Pracht und Direktor Brehm, in ihren konservativen, mausgrauen, akkurat sitzenden Anzügen umschwirren. "Na, wieder da, Fräulein Ebert?" "Ja", würde sie antworten. "Wie war das Wetter?" "Gut", würde sie sagen und nicht auf Einzelheiten eingehen, denn in Wirklichkeit interessierte sich keiner von den Herren der Chefetage, welches Wetter die kleine Tippse Ebert in ihrem Urlaub hatte. "Das freut mich für Sie, können Sie mir mal gleich den Geschäftsbericht vom letzten Monat heraussuchen und in mein Büro legen?" würde Dr. Pracht ungerührt zum Alltag übergehen. So abgefertigt, ging dann alles wieder seinen Gang, suchen, abheften, schreiben, denn eigentlich hatte keiner von denen richtig bemerkt, daß sie überhaupt weg war. Wie gewohnt würde Herr Dr. Pracht nach kurzer Zeit noch einmal die Tür öffnen und irgendein Telefonat anordnen. Sie würde das Gespräch vermitteln, Kaffee kochen, wieder Unterlagen heraussuchen und immer und immer wieder diesen mausgrauen Anzugträgern gehorchen. Wahre Höhepunkte wurden ihr geboten, wenn Dr. Pracht Besucher empfing und sich alle Beteiligten mit aalglatten, gestelzten Redensarten, einander den Hof machend, in das Chefzimmer hineinkomplimentierten. Antje mußte schlucken, wenn sie an die trockene Atmosphäre ihrer geschniegelten Götter der Radiergummi und Büroklammern dachte.
Ganz grün vor Neid verließ sie den Strand mit seinem himmlischen Leben und Treiben und kehrte zu ihren eiskalt wartenden Koffern zurück. Und als könnte sie diese Insel nicht schnell

genug loswerden, stand auch schon ihr Taxi vor der Tür. "Guten Morgen, na, dann wollen wir mal." Der Taxifahrer verlud mit elegantem Schwung ihr Gepäck, und Antje ließ sich müde in die Polster fallen. "Zwölf Uhr vierzig fährt der Zug, da haben Sie noch etwas Zeit. Ist das nicht ein herrliches Wetter? So müßte das seine vierzehn Tage bleiben, diesen Regen, den wir vergangene Woche hatten, kann ich nicht ab. Wenn die Sonne scheint, dann macht mir die Arbeit richtig Spaß." "Mir nicht, ich kann besser arbeiten, wenn es draußen regnet", meinte Antje trocken. Sie fühlte sich, als würde sie zu ihrer eigenen Hinrichtung gefahren.

Der Taxifahrer war ein munterer Vertreter und redete, als wollte er sie von der Trauer des Abschiednehmens ablenken. Antje sah nur diesen Himmel, wie Samt und Seide, während gleichzeitig vor ihrem geistigen Auge dieses schreckliche Büro auftauchte. Und der Gedanke daran, wie Dr. Pracht nur darauf bedacht war, daß seine Krawatte makellos saß, und vor lauter Perfektion und Akkuratesse stets mit einer Haltung durchs Büro lief, als hätte er ein Lineal verschluckt, ließ sie erschauernd frösteln. Nein!

Nein, nein und nochmal nein, sie konnte und wollte diese Tatsache nicht hinnehmen: diesen Ort verlassen und sich wieder hinter ihren Akten und Ordnern verstecken. Sie waren schon fast am Bahnhof. "Halten Sie bitte da vorne mal an", sagte sie plötzlich ganz ruhig zu dem Taxifahrer. Etwas erstaunt über diesen Wunsch, gehorchte er, denn er hatte schon eine Menge verwunderliche Dinge mit seinen Fahrgästen erlebt.

"Sie können wieder umdrehen, ich will nicht mehr zum Bahnhof, ich will nicht mehr zurück, ich bleibe hier!" Antje sprach dies mit einer solchen Entschlossenheit, daß der Taxifahrer spontan den Auftrag ausführte. So etwas war ihm ja noch nie passiert, und vorsichtig schaute er sich Antje von der Seite an: "Eine Verrückte!" Aber Antje, die bisher wie ein Trauerkloß zusammengesunken auf ihrem Sitz gehockt hatte, blühte förmlich auf.

Alle Vorwürfe über diesen tollkühnen Entschluß, die quälend ihre Brust umklammern wollten, wischte sie beiseite, und fröhlich ordnete sie an: "Zum Zimmernachweis, bitte!"
Der Taxifahrer schüttelte den Kopf, er konnte es kaum fassen, diese Frau schien wirklich fest entschlossen. "Warten Sie einen Augenblick", und schon verschwand Antje im Büro des Zimmernachweises.
Nach wenigen Minuten kam sie strahlend mit einem Zettel in der Hand wieder. "Ich hab eins, ich hab eins", jubelte sie. "Nichts wie hin", meinte der Taxifahrer, der sich inzwischen seinem Schicksal ergeben hatte. Ein klein wenig bewunderte er sogar diese sonderbare Frau, denn sicher war es nicht so leicht, einfach auszubrechen.
Dort angekommen, drückte sie ihm mit den Worten "Einen schönen Tag wünsch' ich noch" ein Trinkgeld in die Hand und verschwand. Es war ein dickes Trinkgeld, so viel hatte er lange nicht mehr bekommen, und langsam rührte ihn dieses fremde Schicksal: "Viel Glück, kleines Fräulein", rief er ihr zu, aber sie hatte es nicht mehr gehört. "Ja, viel Glück und Erfüllung all deiner Wünsche", sagte er noch, mehr zu sich selbst, und fuhr in Gedanken versunken davon.
Antje packte nur schnell ihre Strandsachen aus und flitzte, ohne ihr neues Zimmer groß zu beachten, so schnell es ging an den Strand, sie konnte es gar nicht erwarten, sich in den Sand zu werfen. Frohgemut würde sie von ihrem staubigen Büro träumen und sich die fassungslosen Gesichter ihrer Chefs vorstellen. "Wie, Fräulein Ebert ist nicht da? Es ist aber schon acht Uhr fünf. Heute ist der Fünfzehnte, und am Fünfzehnten sollte sie wiederkommen!?"
Das erste Mal würde man sie überhaupt bemerken. "Herr Altmann, schauen Sie mal in der Urlaubsliste nach, ob das mit dem Fünfzehnten stimmt!" "Stimmt!" "Es stimmt?!" Hm, tja, sicher wäre Herr Dr. Pracht, der liebe Dr. Pracht, bei dem alles nur glatt und reibungslos laufen mußte, das erste Mal ein "Hänschen ratlos". "Vielleicht ist sie krank, auf jeden Fall müssen wir, wenn sie in einer Stunde nicht auftaucht, diese

Aushilfe, diese Urlaubsvertretung wieder anfordern!" "Merkwürdig, dieses Fräulein Ebert war sonst immer da?" Nun, dieses Fräulein Ebert lag dick und breit im Sand und würde so lange da liegen bleiben, wie es ihr gefiel, egal welche Folgen das alles hatte.

Sie konnte nicht anders handeln, das wurde ihr immer klarer und wuchs zur Gewißheit, wenn sie heute gefahren wäre, dann wäre sie glatt erstickt an ihrem Kummer. Alle Welt flippte aus, stieg aus und war noch stolz darauf, warum sollte ein kleines, unscheinbares Fräulein Ebert nicht auch einmal die Ketten der Zwänge sprengen.

Ihr war im Augenblick alles egal. Sie wußte zwar noch nicht, wie lange sie blieb, aber erst einmal wußte sie, daß sie blieb. Deshalb kuschelte sie sich ganz tief in den Sand und feierte mit Wind und Meer ihre kleine Revolution.

Name ______________________________

Straße ______________________________

Wohnort ______________________________

Hiermit bestelle ich: (jeder Titel 9,80 €)

____ »Tor zum Paradies« (Gedichte) ______ €

____ »Was macht der Sand am Strand« ______ €

____ »Mittendrin und doch daneben« ______ €

____ »Im Po Sand« ______ €

____ »Schmetterlinge im Dezember« (Gedichte) ______ €

____ »Gänseblümchen haben kleine Flügel« ______ €

____ »Ein Flügelschlag Gedanken« (Gedichte) ______ €

____ »Möwenklecks und Muschelkuß« ______ €

____ »Gestreift, getupft und dreimal schwarzer Kater« ______ €

____ »Brigittes Landleben« ______ €

____ »Ein Hauch Freudentränen« (Gedichte) ______ €

____ »Plausch am Zaun« ______ €

____ »...denn ich bleib' immer Deine Mutter« ______ €

Porto und Verpackung + 1,80 €

Gesamtsumme ______ €

☐ bar anbei ☐ Scheck anbei

☐ Überweisung (Durchschrift mit Bankstempel anbei)

Sparkasse Marburg-Biedenkopf (BLZ 533 500 00), Kto. 11 60 155 201

Verlag B. Koischwitz · Am Hanig 15 · 35075 Gladenbach